Feuersalamander

Jan Peter Bremer

Feuersalamander

Roman

Berlin Verlag

Für die hilfreiche Unterstützung, als ich noch ganz am Anfang meiner Arbeit war, habe ich der Stiftung Preußische Seehandlung aufs herzlichste zu danken.

Umschlaggestaltung:
Nina Rothfos und Patrick Gabler, Hamburg
Gesetzt aus der Baskerville
durch psb, Berlin
Druck & Bindung:
Friedrich Pustet, Regensburg
Printed in Germany 2000
ISBN 3-8270-0326-1

Gedruckt auf chlor- und säurefreiem Papier

Meinen Freunden M. G. und G. Z.

Ich hatte nur eine Idee, ein Mensch.

Wieder wollte ich auf ihn zu.

Ich saß unter blauem Himmel in einem Café und atmete tief die Bergluft ein. Dann nahm ich von einem Stapel mit Postkarten, den ich vor mich auf den Tisch gelegt hatte, die oberste herab, drehte sie auf die leere Seite, zog das Etui aus meinem Jackett, öffnete es mit einem Ruck und nahm den Stift heraus. Der Kellner erschien an meinem Tisch, und ich legte den Stift auf die Postkarte.

»Möchten Sie etwas trinken?« fragte er.

»Kaffee«, antwortete ich, »viel Kaffee, bitte.«

»Wir haben nur Tassen«, sagte der Kellner.

Ich nickte, setzte die Ellbogen auf den Tisch, stützte den Kopf in die Hände und sah dem Kellner nach. ›Es ist alles klein hier‹, dachte ich und hob den Blick. ›Selbst die Berge sind eigentlich nicht groß. Hinter dir, nur wenige Minuten entfernt, ist der Bahnhof, und da, das Haus mit der Fahne, ist bestimmt das Rathaus.‹

Ich lehnte mich zurück und nahm den Stift wieder in die Hand. ›Du hättest dir keinen besseren Ort aussuchen können‹, dachte ich. ›Nichts kann dich hier ablenken. Schon morgen wirst du jeden Winkel dieses Städtchens kennen. Dann wird dich nichts mehr halten, dann gibt es nur noch deine Figur, und nur deiner Figur wird dein Blick folgen.‹

Ich drückte die Fäuste vor die Brust. »Es ist genau so, wie du es dir vorgestellt hast«, flüsterte ich und sah auf. Der Kellner stellte den Kaffee vor mich hin. Ich zog aus der Tasche etwas Geld und legte es auf den Tisch. Der Kellner war schon wieder weg. Ich nahm einen Schluck. »Herrlich«, entfuhr es mir und ich blickte auf die Postkarten. ›Hier wirst du jetzt jeden Tag sitzen‹, dachte ich. ›Jeden Tag wirst du dich hier über deine Postkarten beugen. Gleich morgen früh kaufst du noch mehr.‹

Ich hob den Kopf und sah mich um. Es waren nicht alle Tische besetzt. ›Sehr gut‹, dachte ich, ›hier bist du ganz für dich. Die Gäste sind alle alt. Von denen wird dich niemand belästigen. Höchstens der Kellner bleibt am Abend mal, indem er dir die letzte Tasse Kaffee bringt, an deinem Tisch stehen. ›Sie haben aber viele Freunde‹, spricht er zu dir hinab, und du antwortest ihm: ›Sie haben recht. Ich habe viele Freunde. Die Postkarten aber schreibe ich nur an einen einzigen, und diesen einzigen hat, außer mir, bisher noch niemand auf der Welt erblickt.‹

Ich schüttelte den Kopf und warf den Stift auf den Tisch. ›Gib nicht so an‹, dachte ich. ›Das ist hier, an diesem Ort, ganz unsinnig. Du willst doch nichts von den Leuten. Nur in Ruhe sollen sie dich lassen. Fragt dich der Kellner tatsächlich einmal, warum du so viele Postkarten schreibst, dann antwortest du etwas Unverbindliches. Du kannst mit den Leuten sprechen, aber du darfst sie nicht neugierig machen. Gerade an einem Ort wie diesem, wo Abwechslung eine Frage des Wetters ist, wäre das das Schlimmste.‹
Ich nahm den Stift wieder in die Hand. ›Wenn du immer nur das Nötigste sagst‹, dachte ich, ›ist das schon mehr als genug. Du bist nur für deine Arbeit hier, und nur deine Arbeit darf dich hier beschäftigen. Das einzige, was du jetzt noch brauchst, ist ein Zimmer. Danach zum Beispiel kannst du den Kellner fragen. Ganz schlicht muß es sein, sagst du ihm. Die Wände weiß, ein Tisch am Fenster, im Hintergrund das Bett und irgendwo ein Nagel mit einem Kleiderbügel. Es kann auch ruhig schmal sein, die Sicht darf geradewegs auf eine Mauer treffen, der Boden muß weder glatt noch sauber sein, die Glühbirne kann kahl von der Decke hängen und das Bett darf zu weich oder zu hart sein. Nur ruhig soll es sein, denn sonst hättest du auch zu Hause bleiben können.‹
Ich nahm noch einen Schluck Kaffee. ›Eigentlich‹, dachte ich, ›ist das Zimmer, das du hier gerade erträumst, genau wie dein Zimmer. Dein Zimmer ist so

schlicht, wie ein Zimmer sein muß. Das einzige an der Wand ist ein Nagel, an dem ein Mantel hängt, den du nie anziehst. Sogar die Sicht aus dem Fenster ist schön, über mehrere dunkle Höfe hinweg, und das Zimmer ist immer sauber, weil du der einzige bist, der es betritt.‹

Ich seufzte auf. ›Wäre dein Zimmer nicht ein Teil einer Wohnung, in der tagsüber die Familie lärmt‹, dachte ich, ›könnte es das schönste Zimmer der ganzen Welt sein. So aber ist nebenan die Küche und hinter dem Zimmer das Kinderzimmer. Doch auch, wenn das Kind in einem anderen Zimmer untergebracht wäre, würde es nichts nützen, denn das Kind ist, außer in deinem Zimmer, überall. Abends reibt es sich die Augen und stößt sich an allem den Kopf. »Du bist müde«, beruhigst du es und hoffst, es sei nun dankbar, ins Bett gebracht zu werden, aber im Bett fängt es noch lauter zu schreien an, und du drückst es mit den Händen nieder, und wenn es sich endlich fügt und zu wimmern beginnt und das Wimmern dann endlich in den gleichmäßigen Atem des Schlafs übergeht, bist du selbst so erschöpft, daß du gleich auf dem Teppich niedersinken möchtest, um dich erst in den frühen Morgenstunden, wenn das Kind die hellen Augen aufschlägt, wieder zu erheben.‹

Ich schreckte auf.

Eine Turmuhr schlug. Das Läuten erfaßte mein Herz, daß es ganz schnell klopfte. »Du bist so weit weg«, sprach ich und starrte auf die Postkarten. ›Vielleicht‹, dachte ich, ›hättest du wenigstens einige Zeilen hinterlassen sollen, ein paar Worte, eine winzige Erklärung, daß es nicht so scheint, als wolltest du die Familie für immer verlassen. Es sind ja nur mehrere Tage, die du hier benötigst, einige Wochen, höchstens wenige Monate.

Ich sah zu den Bergen hinauf.

›Nein‹, dachte ich und schielte auf die Spitze des Stiftes. Es können Jahre werden. Schon im Hausflur hast du das gewußt.‹ Ich sah an mir hinunter. ›Dabei hast du nichts dabei‹, dachte ich, ›keinen Koffer, keine Hose, nichts. Doch!‹ schoß es mir plötzlich durch den Kopf, und ich griff mir an die Brusttasche meines Jacketts. Dann lachte ich auf. ›Du hättest besser eine Zahnbürste mitnehmen sollen‹, dachte ich und knüllte die Seiten von außen mit der Hand zusammen. ›Am Besten‹, dachte ich, ›du liest dir das nie wieder durch. Das ganze letzte Jahr war die Hölle. Keine einzige Zeile stimmt.‹ »Verbrenn es!« zischte ich und lehnte mich zurück. ›Mein Gott‹, dachte ich, ›jetzt hast du es endlich geschafft. Dabei war alles so einfach. Als ob du im Schlaf die Wohnung verlassen hättest, so leise hat sich die Tür hinter dir geschlossen. Erst auf dem Weg zum Bahnhof wurde es wieder lauter um dich, und auf der Reise warst du dann wie besinnungslos. Immerzu hättest du in den engen Abteilen tanzen mögen.‹ Ich legte meine Hand auf die

Brust. ›Du mußt dich beruhigen‹, dachte ich. ›Noch jetzt schlägt dein Herz so schnell, daß du nie wieder schlafen kannst.‹

Ich atmete tief ein und aus und blickte auf die Postkarten. ›Vielleicht‹, dachte ich, ›sollte ich meiner Frau schreiben, daß ich sie liebe und gesund bin und daß es mir leid tut, daß ich, ohne es anzukündigen, einfach fortgefahren bin.‹

Ich beugte mich wieder vor. ›Du mußt ihr schreiben‹, dachte ich. ›Sonst steht sie immer an der Tür. Von unten hört sie Schritte im Treppenhaus und hält den Atem an. Schon greift sie nach der Klinke, und im Wohnzimmer hebt das Kind seinen Kopf aus einem Haufen Spielzeug. ‚Papa', sagt es und krabbelt zu ihr hin. ‚Papa?' fragt es zu ihr hoch, und ein Strahlen fährt über sein Gesichtchen. Dann wird es Abend. Meine Frau steht am Fenster, und im Flur zeigt das Kind mit schiefen Finger auf die Tür zu meinem Zimmer. ‚Papa', sagt es. Meine Frau blickt reglos auf die Straße hinaus. Das Kind richtet sich an der Tür auf. ‚Papa!' ruft es und trommelt mit seinen Fäustchen auf sie ein. ‚Papa!' Meine Frau beugt sich zum Fenster hinaus und legt die Hände an die Ohren. Dann richtet sie sich wieder auf, geht mit schweren Schritten in den Flur, streckt langsam die Arme nach dem Kind aus, packt es plötzlich, und während es sich in ihren Händen windet, eilt sie auf das Fenster zu.‹

Ich schlug mit der Faust auf den Tisch. Von ihren

Plätzen wandten die Gäste ihre Köpfe zu mir um. Auch der Kellner sah zu mir hin. Ich hob die Tasse an ihrem Henkel an.
»Noch einen Kaffee«, sagte ich.
Der Kellner nickte mir zu und bewegte sich zwischen den Tischen hindurch zum Eingang.
Ich trank die Tasse Kaffee aus und stellte sie auf die Untertasse zurück. ›Du schreibst ihr keine Zeile‹, dachte ich und sah auf den Eingang. Schon leuchtete weiß das Hemd des Kellners auf, und indem er das Tablett mit der einsamen Tasse in großer Höhe kunstvoll schwenkte, trat er auf meinen Tisch zu.
»Ich muß mich entschuldigen«, sagte ich, während ich in meinem Portemonnaie nach einem passenden Geldstück suchte und es zu dem ersten auf den Tisch legte, »ich habe eine lange Reise hinter mir und bin so müde, daß mir der Arm, wie tot, auf den Tisch gefallen ist.«
Der Kellner stellte die Tasse vor mich hin. »Das kann jedem passieren«, sagte er.
»Ich will mich trotzdem entschuldigen«, sagte ich und sah zu ihm auf. »Wissen Sie«, fuhr ich fort, »ich habe nicht nur die Absicht, länger in diesem Städtchen zu bleiben, sondern auch dieses Café dann regelmäßig zu besuchen.«
»Das freut uns«, sagte der Kellner. »Für Ihren Aufenthalt wünschen wir Ihnen nur das Allerbeste«, fügte er hinzu, nahm das Geld vom Tisch, suchte in seinem

Portemonnaie, um mir einen kleinen Teil zurückzugeben, und da ich nun abwinkte, entfernte er sich mit einer sanften Verbeugung.
Ich nahm einen Schluck von meinem Kaffee, und während ich ihn noch im Mund behielt, setzte ich die Tasse auf die Untertasse. Dann lehnte ich mich zurück und schluckte. »Herrlich«, entfuhr es mir erneut, und ich ließ den Kopf nach hinten fallen. Da ich die Augen schloß, überkam mich ein leichter Schwindel. Schwer lastete die Helligkeit des Tages auf meinen Lidern und in meine Ohren stieg wieder das Rattern der Eisenbahn, doch so, als sähe ich ihr von einem öden Punkt nach, verklang es allmählich in immer größerer Ferne. Meine Frau breitete die Arme aus, und ich trat ihr entgegen. ›Du warst lange weg‹, sagte sie. ›Wo ist denn das Kind?‹ fragte ich. ›Er schläft‹, sagte meine Frau, ›ich möchte ihn jetzt nicht wecken. Den ganzen Tag war er wild. Nachts kommt er in das Schlafzimmer. Dann wird er dich begrüßen und umarmen wollen.‹ – ›Läuft er denn schon?‹ fragte ich. ›Er läuft und er spricht‹, antwortete meine Frau. ›Immerzu fragt er, wo sein Vater ist, und draußen im Park rennt er auf fremde Männer zu, umschlingt mit beiden Armen ihre Beine und schmiegt seinen Kopf zwischen sie.‹ Ich riß die Augen wieder auf. ›Du mußt dich nicht entschuldigen‹, hörte ich die Stimme meiner Frau und starrte in den Himmel. ›Daß du uns verlassen hast, wird seine Gründe gehabt haben. Ich

hoffe, du warst in dieser Zeit wohlauf, doch jetzt bin ich froh, daß du wieder hier bist.‹
Ich atmete tief durch, tastete nach der Tasse, hob sie auf und näherte mich ihr mit dem Kopf. An einem Nebentisch stellte eine jüngere Frau ihre Tasche auf einen Stuhl und sah zu mir hin. Ich nickte und lächelte ihr zu. Da ich die Augen nicht von ihr ließ, wandte sie sich mit dem Rücken zu mir. Ich blickte in meine Tasse. ›Du hättest mir wenigstens eine deiner Postkarten schreiben müssen‹, tauchte die Stimme meiner Frau wieder auf. Ich stellte die Tasse auf die Untertasse zurück und schloß erneut die Augen. ›Du wirst ihr alles erklären‹, dachte ich und sah mich ins Wohnzimmer treten. ›Das wollte ich auch‹, vernahm ich meine Stimme. ›Ich habe immerzu an Euch gedacht. Wenn mir das Bild von unserem Kind erschien, habe ich weinen müssen. Jeden Tag bin ich mit all meinem Gepäck zum Bahnhof gelaufen und habe wehmütig den Zügen nachgesehen. Aber dann blieb ich doch. Die ganze Zeit habe ich nur geschrieben. Du weißt, wie schwer ...‹ – ›Zuerst‹, fiel mir meine Frau ins Wort, ›will ich wissen, wo du warst.‹ Ich sah meine Hand über meinem Kopf kreisen. ›In den Bergen‹, antwortete ich, ›in einem kleinen Städtchen. Ursprünglich wollte ich in ein Dorf, aber dann war ich mit einemmal in diesem Städtchen. Ich kann dir, wenn du mich so fragst, eigentlich gar nicht genau sagen, wo es war, denn ich weiß nicht, wie es

heißt. Ich bin einfach dort ausgestiegen.‹ Meine Frau trat noch einen Schritt auf mich zu. Ich sah mich zurückweichen. ›Du willst wissen, warum?‹ hörte ich mich sagen. ›Das ist eine heitere Geschichte. Setz dich. Jetzt haben wir endlich Zeit. Die ganze Nacht werde ich dir erzählen.‹ – ›Die ganze Nacht!‹ hörte ich meine Frau zurückrufen und sah meine Hand. Die Finger spreizten sich. Ich hob sie zum Kopf und durchkämmte meine Haare. ›Du weißt noch‹, begann ich, ›daß es fürchterlich heiß war, als ich im letzten Sommer aufbrach. Zwei Tage war ich bereits unterwegs‹, fuhr ich fort, ›und hatte nicht geschlafen. Immer weiter zog es mich hinauf in die Berge. Jetzt war ich in einer ganz kleinen Bahn. Im Abteil saß mir ein Mann gegenüber, ein Landwirt, der schweigsam aus dem Fenster blickte und sich nur ab und zu mit einem Stofftaschentuch den Schweiß von der Stirn tupfte. Er war altmodisch mit Hut, Hemd, Weste und Jacke bekleidet und trug dazu dicke, klobige Schuhe. Auch ich schwitzte stark, denn der Zug fuhr so langsam, daß die Hitze sich im Abteil staute. Ich bückte mich, öffnete die Schnürsenkel und zog mir die Schuhe aus. Die Luft an den Füßen zu fühlen war herrlich, und da der Landwirt seinen Kopf die ganze Zeit schräg zum Fenster hielt, öffnete ich auch die ersten beiden Knöpfe meiner Hose. Der Landwirt nahm noch immer keine Notiz von mir. Ohne den Kopf zu wenden, griff er in seine Jackentasche, zog ein in Silberpapier

gewickeltes Brot hervor und begann, nachdem er das Papier ordentlich gefaltet in seine Jackentasche zurückgesteckt hatte, zu essen. ›Was hindert mich eigentlich‹, schoß es mir, während ich aus dem Fenster blickte, übermütig durch den Kopf, ›mir auch die Hose auszuziehen‹, und kaum, daß ich es gedacht hatte, hatte ich sie mir schon bis zu den Kniekehlen hinuntergezogen. So saß ich eine Weile erstaunt da und betrachtete den Landwirt. Er hatte sein Brot jetzt aufgegessen und wischte sich mit dem Taschentuch die Mundwinkel. Ich zog mir die Hose wieder hoch, beugte mich zu den Knien hinunter und umarmte sie. »Gleich steigen wir aus«, flüsterte ich in sie hinein. »Dies muß der Ort sein, wo du Unerwartetes vollbringst«, sprach ich laut in das Abteil, und während ein Strahlen noch mein Gesicht beglückte, hielt der Zug, und ich nahm die Schuhe in die Hand, sprang hinaus und lief in das Städtchen.‹
Ich schaute auf. Meine Frau schüttelte den Kopf. Ich warf den Blick wieder auf die Tischplatte. ›Du glaubst mir nicht‹, hörte ich mich sagen, ›aber es ist die ganze Geschichte. Weiter ist nichts geschehen.‹ Ich sah auf meine Hände, die sich zu einer Faust geballt hatten. ›Du mußt mir glauben‹, fuhr ich fort. ›Ich habe mich in ein Café gesetzt und zahlreiche Postkarten beschrieben. Dann erstand plötzlich eine Figur vor mir auf, und ich habe mir ein schlichtes Zimmer gemietet, um zu arbeiten.‹

Ich sah in den Himmel hinauf. ›Du weißt, wie schwer mir die Arbeit zu Hause von der Hand geht, aber dort geschah alles wie von selbst. Nach dem Aufstehen am Mittag habe ich mir die Seiten, die ich in der Nacht geschrieben hatte, laut vorgelesen, und immer wünschte ich, du würdest sie hören, und um so mehr ich es mir wünschte, desto deutlicher erschien dein Gesicht vor mir und die ganze Herrlichkeit und Traurigkeit der geschriebenen Sätze spiegelte sich auf deinem Mund. Die Tage verbrachte ich nur in der Erwartung des Abends. Ruhelos ging ich in meinem Zimmer auf und ab, spazierte ziellos durch die kleine Stadt, kehrte ins Zimmer zurück, warf mich aufs Bett und endlich, wenn es dunkel wurde, setzte ich mich an meinen Tisch. Ganz und gar still war es um mich herum. Den Stift hielt ich aufs Papier, und plötzlich schmiegte sich eine fahle Wange zart an meine Schulter, und es war meine Gestalt selbst, die sich an mich lehnte. Ich wagte mich nicht zu rühren, kaum zu atmen. Jedes kleinste Geräusch hätte die Sätze, die leise in den Raum geflüstert wurden, zerrissen, denn meine Gestalt ist ein schwacher, unglücklicher Mensch. Immerzu wollte ich ihn umarmen und an mich pressen. Doch dazu war er schon zu schwach. Manchmal schreckte ich, nachdem ich mich ins Bett gelegt hatte, gleich wieder auf, denn ich fürchtete, ich hätte ihn nun zerdrückt, und mit angehaltenem Atem kehrte ich zum Schreibtisch zurück und starrte stur in die Dunkelheit hinaus. »Bitte«, flehte ich, »bitte verzeih, wenn ich dir etwas angetan habe. Ich bin ein dummer, unvorsichtiger Mensch. Jetzt weiß ich, daß ich mich nicht hätte schlafen legen dürfen, aber vorhin fühlte ich mich plötzlich so müde, daß ich deine Worte nicht mehr verstand. Trotzdem darfst du nicht an mir zweifeln. Du bist mir das Liebste auf der Welt. Nur um dich zu finden, habe ich meine Frau und mein Kind im Stich gelassen und diese lange Reise angetreten«, und als könnte die Nacht nie vergehen, saß er plötzlich wieder neben mir, und obwohl ich jetzt unendlich erleichtert war, traten Tränen in meine Augen, und in solchen Momenten fühlte ich mich ihm in seinem Unglück ebenbürtig.‹

Ich beugte mich vor. ›Ich wünschte‹, vernahm ich die Stimme meiner Frau, ›du würdest mir jetzt von dieser Gestalt vorlesen‹, und über dem Tisch erschien ihre Hand und wollte nach der meinen greifen.

Schnell zog ich sie weg und stieß gegen die Tasse. Der Kaffee ergoß sich auf den Tisch. Ich riß die Postkarten hoch. Die Untersten waren schon naß. Mit einem Lappen eilte der Kellner auf mich zu.

»Das ist mir jetzt peinlich«, sagte ich und rückte vom Tisch ab, da der Kaffee vom Rand tropfte.

»Es ist doch nichts passiert«, sagte der Kellner, während er mit dem Lappen über den Tisch wischte.

»Würden Sie die Freundlichkeit besitzen, mir noch einen Kaffee zu bringen?« fragte ich.

»Selbstverständlich«, antwortete der Kellner und machte sich schon wieder auf den Weg. Der Tisch war noch nicht trocken, und so blieb ich ein wenig abgerückt, klemmte die Postkarten zwischen meine Beine und suchte aus dem Portemonnaie passendes Geld heraus. Als der Kellner kam, legte ich ihm das Geld gleich auf das Tablett. Da er noch einmal über den Tisch wischen mußte, bot ich mich an, es zu halten.

»Sie werden es kaum glauben«, sagte ich, da das Tablett sicher in meinen Händen lag, »aber ich habe selbst einmal als Kellner gearbeitet. Leider hatte ich keine Eleganz, doch so ungeschickt, wie ich heute erscheine, war ich auch nicht.«

»Es ist nur eine Vermutung«, antwortete der Kellner und schaute mich über den Tisch gebeugt unter dem Arm hindurch an, »aber wahrscheinlich haben Sie nur mal zwischendurch, um einiges schnelles Geld zu verdienen, in diesem Bereich gearbeitet.«

Ich nickte, und der Kellner richtete sich wieder auf.

»Aber daran ist doch nichts Verwerfliches«, sagte ich, während ich das Tablett in seine Hände gab.

Der Kellner stellte die Tasse vor mich auf den Tisch.

»Das nicht«, sagte er, »trotzdem ist es so, daß die meisten Hilfskräfte die Arbeit unterschätzen. Sie ist für sie kein Beruf und deshalb nehmen sie sie nicht ernst. Verstehen Sie, was ich meine?«

»Sehr gut«, sagte ich.

»Schauen Sie mich zum Beispiel an«, fuhr der Kellner fort, »ich habe diese Arbeit von Anfang an als Beruf erlernt und bin bis heute darüber keinen Tag unglücklich«, und indem er sich jetzt etwas verbeugte, entfernte er sich wieder.
Ich sah ihm nach. Der Kellner blieb hinter einer älteren Dame stehen und streichelte ihr über den Rükken. Dann lachte er auf. Ich rückte heran und legte die Postkarten auf den Tisch. ›Wenn du deine Arbeit so ernst nehmen würdest, wie du immer tust‹, dachte ich und schaute auf den Stift in meiner Hand, ›dann hättest du dir schon längst ein Zimmer gesucht. Wenigstens‹, dachte ich und fuhr mir mit der Hand durch das Gesicht, ›hättest du den Kellner nach einem Zimmer gefragt.‹
Ich legte den Stift auf die Postkarten und schüttelte den Kopf. ›Es ist doch immer das gleiche mit dir‹, dachte ich, ›ganz egal, wo du bist, verträumst du deine Tage. Verirrt sich dann tatsächlich mal eine Idee zu dir, winkst du ihr nur müde zu und hoffst, daß sie dich nicht wieder verläßt. Die Idee aber, da du sie nicht forderst und sie so ganz und gar einsam im weiten Kopf herumspaziert, wird stur und eigen, sperrig und beharrlich, und wenn du dich endlich an den Schreibtisch setzt und den Stift in die Hand nimmst, ist sie schon so unfügsam, daß sie das Papier zerknittert und zerkratzt, denn sie ist völlig unselbständig, verzärtelt, vertätschelt und verzogen, ein

Monster, mit dem du keinen Kontakt pflegen möchtest, mit dem du auch kein Mitleid empfindest, schrecklicher noch als eine Totgeburt, ein Wesen, wie du selbst.‹

Ich schloß die Augen. Meine Frau trat an mich heran, hakte mich unter und zog mich zu sich.

Ich schüttelte den Arm und riß die Augen wieder auf. ›Warum beschimpfst du dich eigentlich?‹ dachte ich. ›Du hast doch gar keine Idee.‹ Ich griff mir mit der Hand in die Brusttasche und umschloß die Seiten. ›Nein‹, dachte ich, ›das ziehst du jetzt nicht hervor‹, und da ich die Hand nicht aus der Tasche nahm, senkte ich meinen Kopf und biß mir in den Arm. »Alles was war«, zischte ich und biß noch heftiger zu, »mußt du vergessen.« – »Aua«, jammerte ich, »aua«, stieß ich aus, und indem ich den Kopf hob, kam meine Hand langsam aus der Tasche hervor. ›So‹, dachte ich und rieb mir über die Bißstelle, ›jetzt bist du ein neuer Mensch. Jetzt kannst du beginnen. Jetzt mußt du nur noch die Augen öffnen.‹

Ich lehnte mich zurück. ›Du mußt dir das Datum merken‹, dachte ich. ›Das ist das einzige Datum, daß du dir in Zukunft merken mußt. Heute‹, dachte ich und riß die Arme vor, ›ist der wichtigste Tag in deinem Leben.‹ – »Von heute an«, sprach ich und warf den Kopf in den Nacken, »fliegt alles durch die Luft. Kein Kind mehr, daß dich morgens auf die Wange küßt, und keine Idee mehr, die an dir zerrt.« Ich beugte mich wieder vor. ›Du hast keine Idee‹, dachte ich, ›weil du keine Idee brauchst. Das einzige, was du brauchst‹, dachte ich und sah zum Kellner hin, ›ist ein Zimmer.‹

Ich trank noch einen Schluck Kaffee. ›Warum‹, dachte ich jetzt, ›denkst du eigentlich immer, daß deine Figur unglücklich sein muß. Das ist doch völlig gleichgültig.‹

Ich sah kurz zu der jungen Frau hin, dann zu einem anderen Tisch. ›Jeder hier könnte deine Figur sein‹, dachte ich. ›In jedem dieser Köpfe ist genug von allem, was du brauchst.‹

Ich nahm den Stift wieder in die Hand. ›Es kann aber auch ein Künstler sein‹, dachte ich, ›ein Maler vielleicht, dem jedes oder auch kein Bild gelingt, oder eine Frau, eine große Liebe, besser ein Kind, ein Briefträger vielleicht, nur ein Mensch muß es sein, jemand, den man lieben kann, der Tag und Nacht bei einem ist, ein Freund.‹

Ich schloß die Augen. Von innen fühlte ich mich hell erleuchtet. Dann öffnete ich die Augen wieder und beugte mich über die Postkarte. »Mein Freund«, schrieb ich, stockte und blickte auf.

Ein Betrunkener steuerte auf meinen Tisch zu, klammerte sich mit der Hand an die Lehne des gegenüberliegenden Stuhls und schwankte kurz hin und her.

»Mein Herr«, sprach er zu mir hinab, »ich möchte Sie nicht belästigen. Wir kennen uns nämlich nicht.

Trotzdem stehe ich jetzt an Ihrem Tisch. Ich hoffe, das stört Sie nicht.«

Ich blickte zu meiner Postkarte hinunter und nahm mir vor, nicht auf ihn einzugehen.

»Mein Herr«, fuhr der Betrunkene fort, »ich sage nur, was ich denke. Die meisten Menschen aber wollen die Wahrheit nicht hören.«

Ich nickte und murmelte leise »ja«, doch da ich nichts hinzufügte und auch nicht zu ihm aufsah, hoffte ich, der Betrunkene würde seinen Weg fortsetzen, aber er atmete nur tief durch und sackte jetzt, über die Lehne gebeugt, etwas zu mir hinunter.

»Mein Herr«, sagte er, »glauben Sie mir. Wenn alle Menschen, so wie wir beide, den ganzen Tag in der Sonne sitzen würden, dann wäre die Welt …«

»Entschuldigung«, unterbrach ich ihn und drückte den Stift zornig ins Papier. »Wie Sie sehen, möchte ich etwas schreiben und habe nur wenig Zeit. An einem anderen Tag können wir uns gerne unterhalten, aber bitte nicht heute. Das verstehen Sie doch.«

»Selbstverständlich«, antwortete der Betrunkene, ließ die Lehne los und beugte sich über den Tisch, daß sein Atem mich berührte. »Es tut mir aufrichtig leid«, sagte er, »wenn ich Sie belästigt haben sollte. Sie verzeihen mir hoffentlich, wenn ich sage, daß das nicht in meiner Absicht lag.«

Ich nickte.

»Wissen Sie«, sagte der Betrunkene jetzt, indem er

sich aufrichtete und fest vor mir stand. »Es ist ein großes Glück, wenn man noch Menschen hat, an die man Postkarten schreibt. Ich will damit gar nicht sagen, daß ich Sie beneide, aber schön ist es doch. Sie müssen sich nämlich vergegenwärtigen«, fuhr er fort, »daß vor Ihnen ein Mensch steht, der ganz allein ist. Ich hoffe, das können Sie respektieren. Deshalb gestatten Sie mir bitte die Frage, an wen Sie die Postkarten eigentlich schreiben.«

Ich blickte wieder auf den Tisch hinunter.

»Von mir wird niemand den Namen erfahren«, fuhr der Betrunkene fort, »da müssen Sie keine Angst haben. Ich kann schweigen wie ein Grab. Ich will den Namen ja nur in mein Herz einschließen, denn es gibt hier mitten in der Stadt einen Ort, den nur ich kenne. Dort habe ich sie das erste Mal geküßt. Nur davon werde ich erzählen, und daß ich an diesem Ort auch sterben möchte. Nachts, wenn ich dort sitze, schließe ich die Augen, fühle, wie mein Herz langsam aufhört zu schlagen und werde ganz selig dabei, und wenn sich am nächsten Morgen der Tag zu mir hinuntersenkt, so beugt er sich zu einem Toten, der nur auf die nächste Nacht wartet.«

»Ein Wiedergänger!« rief ich. »Was für eine langweilige Geschichte! Wo ist denn die Frau, die Sie geküßt haben?«

Der Betrunkene legte die Hände auf die Augen. »Fort«, sagte er.

Ich beugte mich vor. »Ich werde Ihnen jetzt etwas erzählen«, sagte ich. »Vor zwei Tagen habe ich meine Frau verlassen. Nicht eine einzige Zeile habe ich ihr zum Abschied geschrieben. Deshalb wird sie doch jetzt nicht in den Straßen herumirren und Leute belästigen. Wahrscheinlich hat Ihre Frau das einzig Richtige getan. Wenn Sie immer so wie heute sind und keine Rücksicht kennen, darf es Sie nicht wundern, daß man vor Ihnen flieht.« Ich winkte ihn mit der Hand weg. »So«, sagte ich. »Und jetzt lassen Sie mich in Ruhe.«
Der Betrunkene leckte sich langsam über die Lippen. »Im Grunde genommen hat nicht sie mich, sondern ich habe sie verlassen. Außerdem«, fuhr er fort, »waren wir nicht verheiratet.«
»Sie glauben gar nicht, wie gleichgültig mir das ist«, sprach ich hastig, denn schon begann er, indem er sich nach hinten reckte, seinen grauen Mantel über die Schulter abzustreifen. »Darf ich mich setzen?« fragte er und beugte sich zu dem Mantel hinunter, der auf den Boden gefallen war.
Ich sah mich um. Der Kellner stand im Eingang, lächelte und winkte mir zu.
»Wenn Sie mich dann augenblicklich in Ruhe lassen«, sagte ich, »verrate ich Ihnen nicht nur, an wen ich die Postkarten schreibe, sondern auch ihren Inhalt.«
Der Betrunkene wehrte mit der Hand großzügig ab. »Das müssen Sie gar nicht«, sagte er.

»Ich verrate es Ihnen trotzdem«, sagte ich. »Das einzige, was ich dafür verlange, ist, daß Sie mich dann in Ruhe lassen. Ziehen Sie sich schon einmal den Mantel wieder an.«

Der Betrunkene wies mit der Hand zur Sonne hinauf. »Es ist so heiß heute«, sagte er. »Ich werde, wenn es Ihnen recht ist, mir den Mantel über den Arm hängen.«

»Sie können mit dem Mantel tun, was Sie wollen«, sagte ich. »Hören Sie mir gut zu, denn nun geht unser Gespräch zu Ende. Ich schreibe die Postkarte an jemanden, den es nicht gibt, von Dingen, die nie stattgefunden haben.«

Der Betrunkene schüttelte den Kopf. »Ich weiß nicht, ob das nützlich ist«, sagte er.

»Es ist Kunst!« schrie ich und sprang auf. »So einfach ist das!« brüllte ich über den Tisch und wollte den Betrunkenen am Hemd packen, doch als meine Hand ihn schon fast erreicht hatte, warf ich den Kopf in den Nacken. So blieb ich eine Weile stehen. Dann ließ ich mich auf den Stuhl zurückfallen, nahm die Postkarte in die Hand, sah auf das fast leere Papier und hob den Kopf zu dem Betrunkenen auf, der unverändert vor dem Tisch stand.

›Es gibt so unsagbar viele Sätze‹, dachte ich, ›und ich habe keinen einzigen. Das Kind zerschlägt sie mit seinen Bausteinen, und hier oben, in diesem Städtchen, klammert sich, noch bevor sie etwas Licht erhascht haben, der einzige Herumtreiber an ihnen fest, und ich lasse ihn kraftlos gewähren.‹ – »Was bin ich nur für ein Mensch!« zischte ich jetzt. »Nie gelingt es mir, etwas mir Wichtiges vor etwas mir Unwichtigem zu schützen. Wie soll es nur weitergehen, wenn einem Betrunkenen nur wenige Minuten genügen, mir das Leben zu zerstören.«

Ich fuhr mir mit den Händen durch das Gesicht, atmete tief ein und aus und meine Wut wich einer kalten Vernunft.

›Du mußt ihn beschimpfen‹, sagte ich mir. ›Wenn du ihn jetzt nicht beschimpfst, bist du verloren‹. Mit einem Ruck hob ich den Kopf zu ihm auf. »Sie frecher widerlicher Mensch«, sagte ich. »Gucken Sie nicht so dumm. Natürlich ist Ihnen nicht bewußt, was Sie hier gerade angestellt haben, aber wenn Sie nicht in diesem falschesten Moment an meinem Tisch erschienen wären«, fuhr ich fort und klopfte mit dem Zeigefinger hart auf den Stapel mit den Postkarten, »dann würden hier jetzt herrliche Sätze stehen, die in diesem Moment hilflos und zerrissen irgendwo herumflattern, weil Ihr unwürdiges Geschwätz sie aufgeschreckt hat. Dabei kann man Ihnen noch nicht einmal einen Vorwurf machen. Ich weiß, daß Sie die Hinterlassenschaft einer bösen Welt sind. Deshalb wandern Sie in diesen Kleidern bei diesen Temperaturen um diese Zeit betrunken durch die Straßen. Aber so sehr ich Sie auch bemitleide und so gut ich auch verstehe,

was in Ihnen vorgeht, so unerträglich ist es mir, daß Sie sich zu mir gesellen.«
Ich blickte auf den Tisch. Der Betrunkene rührte sich nicht. »Gehen Sie«, sagte ich, und da er einfach stehenblieb, erhob ich mich und sah ihm fest in die Augen. »Wenn Sie nicht gleich gehen«, sagte ich und winkte blind zum Eingang hin, »dann muß ich leider den Kellner rufen.«
Der Betrunkene rührte sich noch immer nicht.
»Gut«, sagte ich und wandte meinen Blick nicht mehr vom Eingang weg, »dann müssen wir jetzt gemeinsam auf den Kellner warten.«
Der Betrunkene senkte den Kopf. »Mit Gewalt«, sagte er leise, »hat man auf dieser Welt noch nie etwas erreichen können«, und schon während ich seine Worte vernahm, wurde mir der Mund ganz trocken und in den Schläfen schlug das Blut. Ich schnellte mit dem Oberkörper vor.
»Mein Freund!« hörte ich mich brüllen, und indem ich mich mit der einen Hand auf dem Tisch abstützte, stieß ich den Betrunkenen mit der anderen Hand nieder. Dann fiel ich auf meinen Stuhl zurück und starrte, da die Blicke der wenigen Gäste sich auf mir vereinten, auf die Postkarten. ›Mein Freund‹, las ich. »Mein Freund«, murmelte ich und schlug mir mit den Handballen gegen die Stirn. »Mein Freund!« rief ich, warf die Arme in die Luft, sprang vom Stuhl auf und beugte mich zu dem Betrunkenen hinunter, der

auf dem Boden kauerte und den Kopf schüttelte. »Mein Freund«, sagte ich und wollte ihn am Arm fassen, doch er entzog ihn mir. Ich sah mich um. Die Gäste wichen meinem Blick aus. Ich hockte mich vor den Betrunkenen. »Mein Freund«, flüsterte ich. »Sie müssen mir alles erzählen. Sie sind ein unglücklicher Mensch. Sie selbst sagten mir, daß Sie sterben möchten. Das dürfen Sie nicht.« Ich legte meine Hände an seine Brust. »Denken Sie nicht, meine Stimmung sei plötzlich umgeschlagen«, fuhr ich fort. »Ich war nur bis zu dieser Sekunde blind. Erst jetzt erblicke ich in Ihnen den Menschen. Strahlend und liebenswürdig tritt er auf mich zu, und nur das Leben ist an seinem untragbaren Zustand schuld.« Ich schob meine Hände vorsichtig unter seine Achseln. »Deshalb«, sagte ich, »bitte ich Sie, seien Sie für heute mein Gast. Wenn wir uns erst einmal kennengelernt haben, da bin ich mir sicher, wollen wir uns nie wieder verlassen.«

Der Betrunkene atmete tief durch.

»Kommen Sie«, sagte ich.

Der Betrunkene hob den Kopf und sah mich mit geröteten Augen an. »Ich wollte doch nur wissen …«

»Nein«, unterbrach ich ihn. »Vergessen Sie die Postkarten. Sie sind für uns beide nichts mehr wert«, und da seine Anspannung jetzt etwas nachließ, hob ich ihn auf und setzte ihn auf einen Stuhl an den Tisch. Dann wandte ich mich dem Eingang zu, aus dem der Kellner seinen Kopf reckte, und hob den Finger. Der

Kellner nickte, und ich setzte mich dem Betrunkenen gegenüber. Seine Unterarme lagen abgewinkelt auf dem Tisch, und dazwischen hing sein Kopf.
»Es stört Sie doch hoffentlich nicht!« rief der Kellner, noch bevor er den Tisch erreicht hatte, »daß unser Freund sich ein wenig zu Ihnen gesellt hat.«
»Sie werden es kaum glauben«, sagte ich und blickte ernst zu ihm hinauf, »aber für mich ist es ein großes Glück, daß er sich entschlossen hat, einen Tisch mit mir zu teilen.«
»Er ist wirklich ein lieber Kerl«, sagte der Kellner und gab dem Betrunkenen einen Klaps auf den Hinterkopf. »Er hat früher ein wenig hier gearbeitet, und auch heute kommt er noch häufig, und manchmal führt er einen seiner berühmten Tänze vor. Er ist nämlich überaus begabt, und wir …«
»Bitte«, murmelte der Betrunkene und schüttelte, ohne aufzusehen, den Kopf.
»Das wird er mir alles erzählen«, sagte ich. »Jetzt wollen wir erst einmal etwas bestellen. Ich möchte dem Herrn ein Getränk spendieren. Einen Kaffee oder einen Wein vielleicht.«
»Besser einen Schnaps«, sagte der Kellner.
»Natürlich!« rief ich. »Das Beste, was Sie im Haus haben. Bringen Sie uns jedem gleich zwei Schnäpse und nehmen Sie sich selbst auch einen. Wir wollen zu dritt anstoßen.«
Noch in der Verbeugung machte der Kellner kehrt.

Ich nahm den Stapel mit den Postkarten und legte ihn unter den Tisch. Dann beugte ich mich vor, betrachtete den Betrunkenen und schloß die Augen.
Durch eine Ansammlung von Wolken schoß hell ein Sonnenstrahl und ein Mädchen lief über eine Wiese direkt in seine Arme. Sie stürzten ins Gras, und dann sah ich plötzlich mein Gesicht vor mir. Ich nickte mir zu, und in weitester Ferne schritt meine Frau einsam den Horizont entlang.
»Begabt«, drang die Stimme des Betrunkenen an mein Ohr. »Er soll nicht so angeben«, fuhr er fort, hob den Kopf und ließ ihn wieder sinken. »Es ist, wie es ist«, murmelte er. »Was tanzen Sie eigentlich?« fragte ich, aber schon kam der Kellner an den Tisch zurück und verteilte die Gläser. Dann nahm er das, was auf dem Tablett zurückgeblieben war, schwenkte es über den Tisch und rief: »Prost!«
»Prost!« rief auch ich.
Der Betrunkene hustete, setzte das geleerte Glas hart auf den Tisch, griff, ohne seine Haltung zu ändern, nach dem zweiten und setzte es ebenso hart neben das erste zurück.
Der Kellner beugte sich zu ihm hinunter. »Mir wurde berichtet«, hob er seine Stimme an, »daß du eben gestürzt bist. Ich hoffe, du hast dich bei diesem freundlichen Herrn bedankt, daß er dich wieder aufgelesen hat, und wenn nicht, dann hole es jetzt nach, denn du solltest bald gehen.«

Ich schielte zu dem Betrunkenen hin. Seine Finger lagen zittrig auf den Schläfen. Ich drückte meine Hand fest um mein zweites Glas. Die anderen sammelte der Kellner vom Tisch. »Hat er sich bedankt?« wandte er sich an mich und richtete sich auf.
Ich starrte auf den Tisch. »Lassen Sie nur«, sagte ich und spürte, wie etwas Schnaps meinen Daumen hinunterlief. »Er ist für heute mein Gast. Ich werde mich um ihn kümmern. Wenn er geht, werde ich ihn begleiten. Sie müssen sich keine Sorgen machen, daß er noch einmal fällt. Sie können ihn mir mit bestem Gewissen überlassen. Seit er hier sitzt, ist er mir die angenehmste Gesellschaft, und ich glaube nicht, daß er nochmals Mißfallen erregt.«
»Das habe ich auch nicht behauptet«, antwortete der Kellner. »Ich weiß selbst, daß er ein braver Kerl ist. Aber so gern ich ihn mag, so häufig haben wir Schwierigkeiten mit ihm. Hat er Ihnen eigentlich schon erzählt, was mit seiner Hand passiert ist?«
Ich schüttelte den Kopf.
Der Kellner wandte sich wieder an den Betrunkenen. »Erzähl doch unserem Gast, was mit deiner Hand passiert ist«, sprach er laut zu ihm hinunter.
»Ja«, sagte ich, »bitte erzählen Sie es mir.«
Der Betrunkene schob eine Hand vor, die leicht angeschwollen war, spreizte die Finger auseinander und strich, ohne aufzusehen, mit der anderen über sie hinweg.

»Unser Freund«, hob der Kellner an, »geht nämlich, seit er nicht mehr arbeitet, gern spazieren. Vor ein paar Tagen sah er auf einem Landweg, der schon seit Jahren nicht mehr befahren wird, einen Feuersalamander, der sich in einer alten Fahrrinne sonnte. Vorsichtshalber hob er ihn auf und setzte ihn fernab auf die Wiese. Als er am nächsten Tag zufällig denselben Weg entlangspazierte, sah er den Salamander wieder in derselben Rinne. Sein ganzes Gedärm hing ihm platt zum Maul heraus und er war schon völlig eingetrocknet. Diese Geschichte«, fuhr der Kellner fort und strich dem Betrunkenen über den Hinterkopf, »hat ihn ziemlich mitgenommen. Außerdem hatte er nachher eine dicke Hand, denn man darf diese Tier nicht ohne Schutz anfassen.«

Ich duckte mich und versuchte, zu dem Betrunkenen aufzusehen.

»Ist das wahr?« fragte ich.

»Selbstverständlich«, antwortete der Kellner, »warum sollte er lügen?«, und indem er schon zurückschreitend noch einmal winkte, verließ er unseren Tisch.

Ich hielt mein zweites Glas, das in meinen Fingern warm geworden war, an den Mund und kippte es hinunter.

Der Betrunkene neigte den Kopf zur Seite. »Angeber«, zischte er, und für einen Moment schien es, als verlangsame der Kellner seinen Schritt. Dann stieg er die Stufe zum Eingang hinauf.

Ich beugte mich zu dem Betrunkenen vor, der wieder in sich zusammengesackt war. »Sie haben ganz recht«, flüsterte ich, »er ist ein großspuriger, selbstgefälliger Mensch. Nur weil er hier eine Anstellung als Kellner gefunden hat, denkt er, er könne uns so behandeln. Aber uns zwingt ja niemand, hier zu bleiben. Sicherlich gibt es in diesem Städtchen auch Lokale, wo man mit mehr Rücksicht und Feingefühl behandelt wird.« Ich griff nach dem Oberarm des Betrunkenen. »Kommen Sie«, sagte ich. »Lassen Sie uns gehen.«
Der Betrunkene hob den Kopf. Dann sank er mit dem ganzen Oberkörper auf den Tisch.
Ich ließ seinen Arm los, brachte meine Hand unter die Tischplatte und klopfte aus dem Gelenk zaghaft zu ihm hinauf. »Reißen Sie sich zusammen«, zischte ich. »Sie können hier nicht schlafen. Stehen Sie auf. Ich werde Ihnen helfen. Vielleicht wissen Sie eine schlichte Pension oder haben selbst ein Zuhause. Mir ist alles recht, aber hier dürfen wir jetzt nicht schlafen.« Ich hielt inne. Unter leichtem Stöhnen senkte sich der Oberkörper des Betrunkenen auf und nieder. Ich nahm die Tasse von der Untertasse und sah in sie hinein. Der letzte Tropfen war am Boden eingetrocknet. Ich rückte die Untertasse zum Ohr des Betrunkenen vor und ließ die Tasse aus geringer Höhe auf sie hinabscheppern. Der Betrunkene zuckte kurz zusammen, und ich lehnte mich zurück.

›Du mußt mehr Geduld mit ihm haben‹, dachte ich. ›Wenn er schläft, mußt du ihn schlafen lassen. Du solltest sogar darauf achten, daß er besonders viel schläft. Desto mehr er schläft, um so mehr kannst du arbeiten, denn das ist dein eigentlicher Plan.‹
Ich faltete die Hände in meinem Nacken. ›Alle deine Tage‹, dachte ich, ›richten sich jetzt nur nach ihm. Nie darf er erfahren, was du tust. Wenn er erfährt, was du tust, erfährt er auch, wer er ist. Dann wird er versuchen, deiner Absicht Folge zu leisten. Mit jeder Bewegung wähnt er sich schon in der Ewigkeit, und auch du gerätst zurück ins Träumen und alles ist sofort wie immer, wie zu Hause, selbst die Sätze, die du krakelig vor Spannung auf kleine Zettel geschrieben hast, wären die gleichen winzigen Beobachtungen, und während deine Augen noch einmal über sie hinweggehen, rechnest du schon wieder hoch, welche Bedeutung diese winzigen Details in einem großen, aber noch unbestimmten Ganzen einnehmen könnten, und wieder wäre dir, als stündest du in einem warmen Wind, und wieder würde er dich von allen Seiten so angenehm umfangen, daß dir, während du dich mitten in der puren Leichtigkeit und dem reinsten Glück des Schreibens glaubst, der Stift schon längst aus der Hand geglitten ist, und erst, wenn der tosende Beifall des Publikums, vor dem du über deine bisherigen Erfolge und zukünftigen Pläne gesprochen hast, gänzlich verebbt ist, öffnest du wie-

der die Augen und deine kleinen Sätze, die, wenn sie nur gekonnt hätten, längst vor dir geflohen wären, schauen ängstlich und mickrig zu dir hinauf.‹
Ich kam mit dem Oberkörper vor, stützte die Ellbogen auf den Tisch und legte das Kinn auf die Hände. ›Das wird dir nicht passieren‹, dachte ich und schüttelte den Kopf. »Das darf dir nicht passieren«, zischte ich. »Wenn dir das passiert«, flüsterte ich, »dann bist du verloren.«
Ich lehnte mich zurück und sah zu dem Betrunkenen hin. ›Es ist merkwürdig‹, dachte ich, ›daß du nie versucht hast, dir ein Bild von ihm zu machen. So also‹, dachte ich, ›sieht der Mensch aus, den du die ganze Zeit gesucht hast. Du wirst bestimmt eine Zeit brauchen, bis du dich an ihn gewöhnt hast. Zuerst einmal‹, dachte ich, ›muß er sich waschen. Er stinkt, als sei er von oben bis unten eingepinkelt.‹ Ich lachte auf. »Ein Pinkelbruder!« rief ich und starrte mit hochrotem Kopf auf die Tischplatte. Dann lugte ich zur Seite. Die Gäste wandten sich wieder ihren Getränken zu.
Ich drückte mir die Hand auf die Stirn. »Besinn dich!« zischte ich, versuchte gleichmäßig zu atmen und senkte die Augen zu dem Betrunkenen nieder. Er schlief, ohne sich gerührt zu haben. In meine Augen traten Tränen der Erleichterung. »Immer wirst du grob«, seufzte ich leise, und plötzlich war mir, als säße meine Frau mir gegenüber, und das Kind auf

ihrem Schoß streckte mir seine Ärmchen entgegen. »Was hat dich bloß so zugerichtet«, fuhr ich fort, ohne den Blick von dem Betrunkenen zu lassen, und meine Hand strich über den Tisch auf die seine zu. Ich sprang vom Stuhl auf und riß die Arme zum Himmel hinauf. ›Es ist verrückt‹, schoß es mir durch den Kopf, während ich auf die Wolken starrte. ›Nein‹, verbesserte ich schnell, ›du bist verrückt, aber es ist großartig, daß du so verrückt bist.‹

Ich blickte auf meine Hände über mir und ballte sie zur Faust. Dann sah ich zum Eingang hin, in dem der Kellner stand, und ließ die Arme wieder sinken. ›Guck nur‹, dachte ich, indem ich mich wieder setzte. ›Du wirst mich doch nie verstehen.‹ – ›Ja‹, wirst du eines Tages bestätigen, ›er hat tatsächlich hier gesessen, und plötzlich ist er aufgesprungen.‹ – ›Und der Betrunkene, saß der mit ihm an einem Tisch?‹ – ›Das ist wahr, so wie es aussah, schlief er.‹ – ›Und Sie wissen nicht, warum er in diesem Moment aufgesprungen ist.‹ – ›Nicht genau. Ich habe später nur gehört, weil es in allen Zeitungen stand, daß er Schriftsteller ist und in diesem Café in diesem Moment eine Idee gehabt haben soll.‹ – ›Eine Idee, sagen Sie, das reicht wohl nicht. Nennen Sie es besser Entdeckung. Können Sie denn noch beschreiben, wie er aufgesprungen ist?‹ – ›Eigentlich nicht ungewöhnlich. Ich muß allerdings zugeben, daß ich von diesen Dingen wenig verstehe. Vielleicht wäre es nützlicher gewesen, ein anderer Kellner hätte an diesem Tag hier gearbeitet. Trotzdem würde es mich sehr freuen, denn unser ganzes Haus ist auf diesen Moment noch stolz, wenn Sie mir mitteilen würden, was er hier bei uns entdeckt hat.‹ – ›Er hat die Unschuld neu entdeckt.‹ Wieder sprang ich auf. »Das ist es!« rief ich, ließ mich auf den Stuhl zurückfallen und griff mir mit beiden Händen an die Brust. »Das ist es«, murmelte ich, und mein Herz schien zu zerreißen. Ich starrte auf den Betrunkenen, beugte mich vor, griff nach seinen Armen und zerrte ihn ein Stückchen zu mir herüber. Ohne den Kopf zu heben, stöhnte er leise auf. Ich war jetzt mit den Lippen ganz dicht an seinem Ohr, aber mein Mund war so trocken, daß ich nicht sprechen konnte. Ich ließ den Betrunkenen los, hob den Kopf und sah mich nach dem Kellner um. ›Nie ist der Kellner da, wenn man ihn braucht‹, dachte ich und erhob mich. Der Betrunkene lag jetzt lang auf dem Tisch. ›Ich werde dich nie mehr aus den Händen lassen‹, dachte ich, während ich von oben auf ihn hinuntersah. ›Wie eine Idee, die keine ist, so werde ich dich von nun an begleiten. Keinen Schritt wirst du mehr ohne mich tun, und hebst du einen Feuersalamander vom Boden auf, ob tot oder lebendig, so wirst du ihn in meine Hand geben, und wir werden das Tier gemeinsam betrachten, und wenn du deine Lippen an ihn führst, so werde auch ich ihn küssen, und in gleichförmiger Stetigkeit setzen wir unseren

Weg bis zu deinem Tod fort. An diesem Tag aber werde ich auferstehen, und ich werde der Welt von deiner Unschuld künden, und die Worte werden nicht in einer regnerischen Nacht laut und mürrisch auf eine Schreibmaschine geschlagen werden, sondern sie werden so ungezwungen und echt sein, daß die Welt versuchen wird, sich vor mir zu verstecken. Das ist die Wahrheit‹, dachte ich, während ich mich schon auf den Eingang zu bewegte, ›und wahr ist auch, daß ich ihn nur um meiner selbst willen liebe, und trotzdem‹, dachte ich, indem ich die drei Stufen hinaufsprang, ›kann keine Liebe größer sein.‹

Der Kellner stand hinter dem Tresen und zog an einer Zigarette.

»Wünschen Sie etwas?« fragte er.

»Er schläft«, flüsterte ich.

Der Kellner drückte seine Zigarette aus. »Das sehen wir eigentlich nicht gern«, sagte er, nahm eine Tasse und füllte sie aus einer Kanne mit Kaffee. »Möchten Sie einen?« fragte er.

Ich zuckte mit den Achseln. »Wissen Sie«, sagte ich, bevor er zu mir aufblickte, »wir alle haben in unseren Gedanken ein Ziel oder eine Erwartung, aber er ist ganz und gar unschuldig.«

Der Kellner hob die Tasse auf eine Untertasse und sah zu mir auf.

»Wie bitte?« fragte er.

»Sie haben mich sehr gut verstanden«, sagte ich.

Der Kellner lächelte. »Sie reden wahrscheinlich von Ihrem neuen Freund«, sagte er und kam mit der Tasse um den Tresen herum auf mich zu. »Wenn Sie möchten, können Sie sich an einen anderen Tisch setzen.«
Ich trat ihm entgegen. »Ich werde mich nirgendwo hinsetzen«, sagte ich.
»Ich muß Sie trotzdem bitten, mich durchzulassen«, sagte er und schob schon eine Schulter vor, um mich zur Seite zu drücken.
Ich ließ ihn durch und folgte ihm dann bis zum Eingang. Der Betrunkene lag unverändert auf dem Tisch. Der Kellner brachte den Kaffee der jüngeren Frau an unseren Nebentisch und sah, während sie das Kleingeld in seine geöffnete Hand gab, zu dem Betrunkenen hinab. Dann drehte er seinen Kopf zu mir hin. »Psst«, machte ich. Der Kellner bedankte sich bei der jüngeren Frau und trat an unseren Tisch heran. »Psst«, machte ich wieder und schüttelte die Hände vor meiner Brust aus. Der Kellner nahm die Tasse von unserem Tisch und kam auf den Eingang zu. Ich trat in den Innenraum des Cafés und setzte mich auf einen Hocker an den Tresen. ›Du mußt freundlich zu ihm sein‹, dachte ich.
Ohne mich zu beachten, ging der Kellner um den Tresen herum. »Trinken Sie noch einen Schnaps?« fragte ich.
Der Kellner schüttelte den Kopf.

»Ich nehme trotzdem einen«, sagte ich, »der von vorhin war ausgezeichnet.«
Der Kellner stellte ein Glas vor mich hin und füllte es. Ich hob das Glas in seine Richtung und trank einen kleinen Schluck. »Mmh«, sagte ich. Der Kellner nahm einen Lappen in die Hand und fuhr über ein Tablett.
»Haben Sie Kinder?« fragte ich.
»Zwei«, sagte der Kellner, ohne aufzusehen.
»Da sind Sie mir eins vorweg«, sagte ich, »aber ich weiß nicht, ob ich Sie darum beneiden soll.«
Der Kellner legte den Lappen beiseite. »Zwei sind auch nicht schlimmer als eins«, sagte er.
»Das habe ich jetzt schon häufiger gehört«, sagte ich. »Was haben Sie denn?«
»Ein Mädchen und einen Jungen«, sagte der Kellner.
»Das ist schön«, sagte ich. »Wir haben einen Jungen. Ein richtig wilder Kerl.«
Der Kellner beugte sich zu mir hin. »Es ist gut, wenn das erste Kind gleich ein Junge ist«, sagte er, »dann muß man nicht mehr hoffen, daß das zweite einer wird.«
Ich lachte auf. »Vielleicht möchten Sie doch noch einen Schnaps«, sagte ich, »auf die Kinder!«
»Einen auf die Kinder«, sagte der Kellner, »aber dann ist Schluß.«
Ich rieb mir die Hände. Der Kellner schenkte in mein Glas nach und goß sich ein eigenes nur zur Hälfte voll. »Prost«, sagte er dann.

»Was ich vorhin gemeint habe«, sagte ich und stellte mein Glas auf den Tresen zurück, »das mit dem Ziel und der Erwartung …«

»Es tut mir leid«, unterbrach mich der Kellner, »aber ich habe Sie vorhin wirklich nicht verstanden.«

Ich winkte ab. »Das macht doch nichts«, sagte ich. »Ich wollte auch nur sagen«, fuhr ich fort, »daß mir dieser Mensch auch wie ein Kind erscheint.«

Der Kellner schwieg.

»Er erscheint mir wie ein Kind«, setzte ich von neuem an, »weil er den Tag so nimmt, wie er ihn vorfindet. Nur Kinder leben auf diese Weise. Auch er war bestimmt nicht immer so, aber er ist durch ein Elend gegangen, daß ihn wieder in diesen glücklichen Zustand versetzt hat.«

»Ich glaube nicht, daß er glücklich ist«, sagte der Kellner.

»Vielleicht habe ich mich falsch ausgedrückt«, sagte ich, »ich wollte auch gar nicht behaupten, daß er glücklich ist, sogar im Gegenteil bin ich davon überzeugt, daß sich sein Leben von solchen Begriffen wie Glück oder Unglück verabschiedet hat, und deshalb …«

»Meiner Ansicht nach«, unterbrach mich der Kellner, »hat er es faustdick hinter den Ohren.«

»Das ist doch nur eine Redewendung für alles und nichts«, sagte ich. »Jedes Kind hat es faustdick hinter den Ohren.«

»Manchmal sind Redewendungen gar nicht so schlecht«, sagte der Kellner, trat um den Tresen herum auf den Eingang zu, blickte über die Tische hinweg und kehrte hinter den Tresen zurück. »Wenn Sie mich fragen«, sagte er, »dann ist er ein hoffnungsloser Trinker.«

Ich nickte. »Das ist aber nur eine kleine Wahrheit«, sagte ich dann, »die kleinste und offensichtlichste überhaupt, die sich über diese Person sagen läßt. Wenn man aber versuchen will, eine Person wie ihn zu verstehen, so muß man mit der Ursache und nicht mit der Wirkung beginnen.«

»Ich für meinen Teil«, sagte der Kellner, lächelte und rieb vor meinen Augen zwei Finger am Daumen, »erfreue mich mehr an der Wirkung.«

»Wenn es ums Verdienen geht«, zischte ich und schämte mich schon, während ich sie zu Ende brachte, für meine Rede, »dann stehen alle in vorderster Reihe.«

Der Kellner lächelte noch immer. »So ist die Welt eben«, sagte er.

Ich nahm dieselbe Haltung ein wie er, und als ob ich meine Demütigung nun vollends auskosten wollte, fügte ich hinzu: »Und daran wird sich auch nichts ändern.«

»So ist es«, sagte der Kellner. »Möchten Sie noch einen Schnaps?«

»Nein«, sagte ich und erhob mich. Im Eingang wand-

te ich mich noch einmal zu dem Kellner um. »Wissen Sie eigentlich, wo er wohnt?« fragte ich.
Der Kellner legte seinen Kopf in den Nacken. »Er hat etwas vor der Stadt eine kleine Holzhütte«, sagte er, »dort schläft er.«
Ich trat wieder auf ihn zu. »Glauben Sie, ich könnte, wenn ich ein wenig aufräumen würde, dort für ein paar Tage oder wenige Wochen mit wohnen?«
Der Kellner ließ seinen Kopf wieder fallen. »Hat er Ihnen das angeboten?« fragte er.
Ich nickte.
Der Kellner lachte. »Das macht er häufiger, wenn Fremde kommen«, sagte er. »Bisher ist noch keiner darauf eingegangen, und auch Ihnen würde ich das nicht raten.«
Ich blickte zu Boden, da ich spürte, wie mein Blut in den Schläfen pochte. »Sie wissen doch gar nicht, was ich wünsche«, zischte ich.
»Vielleicht noch einen Schnaps?« fragte der Kellner.
»Nein«, sagte ich noch immer ohne aufzusehen. »Geben Sie mir einen Wein und machen Sie die Rechnung.« Dann lehnte ich mich schräg an den Tresen. Nach einer Weile stellte der Kellner ein Glas und eine Untertasse vor mich hin. Ich blickte kurz auf die Summe, zog einen zerknitterten Schein aus meiner Hosentasche, ließ ihn auf die Untertasse fallen, nahm den Wein und trat hinaus.
Der Tag erschien mir heller.

Schon auf dem Weg zu meinem Platz hörte ich den Betrunkenen schnarchen. Ich setzte mich auf meinen Stuhl und stellte das Glas Wein neben mich auf den Boden. Unter dem Mund des Betrunkenen hatte sich eine Speichelpfütze gebildet. Ich hob eine Postkarte auf, stellte sie schräg vor den Mund des Betrunkenen und schob die Pfütze langsam über den Tisch zum Rand hin. Die Postkarte ließ ich hinter dem Tisch fallen. Dann nahm ich den Kopf des Betrunkenen zwischen beide Hände, hob ihn an und drehte ihn um. Seine Haut war schwitzig, und ich wischte mir die Hände auf der Tischplatte ab. Der Betrunkene begann von neuem zu schnarchen. Ich lehnte mich zurück. ›Was soll's‹, dachte ich und beugte mich seitlich hinunter, um das Glas Wein vom Boden aufzuheben. Der Wein war zu süß. Trotzdem nahm ich noch einen Schluck. ›Du hättest nicht zu dem Kellner gehen dürfen‹, dachte ich und stellte den Wein auf den Tisch zurück. ›Wenn du dich auf die Dummheit einläßt, ist dir die Dummheit immer überlegen. Trotzdem ist es allein deine Schuld. Du mußt lernen, deine Gedanken für dich zu behalten. Sonst werden sie nie in dir reifen. Du kletterst unter Aufwendung größter Kraft und Mühe in eine unbekannte Höhe, aber anstatt jetzt den Blick schweifen zu lassen, kletterst du sofort wieder hinunter, nur um zu verkünden, daß es herrlich da oben war.‹

Ich nahm noch einen Schluck Wein. ›Von heute an‹,

dachte ich, ›wirst du vorsichtiger und umsichtiger sein. Du mußt es dir versprechen. Wenn es nur um dich ginge‹, dachte ich und sah auf den Betrunkenen, ›dann könntest du jetzt noch tun, was du wolltest, aber es geht nicht nur um dich.‹ »Dieser Mensch«, flüsterte ich und näherte mich mit dem Mund dem Kopf des Betrunkenen, »hat deinen Gedanken sein Leben anvertraut. Das darfst du in Zukunft keine Sekunde vergessen. Alles, was du tust, mußt du vor ihm verantworten. Das ist das Wenigste, was du ihm schuldest, und du rennst sofort zum Kellner.«

Ich sah wieder auf. ›Du hast dich doch lange genug mit dem Kellner unterhalten‹, dachte ich. ›Nicht einmal den Unterschied zwischen Idee und Entdeckung könnte er benennen. Außer seiner Arbeit ist ihm alles fremd. Deshalb sieht er die Idee auch nicht, die hinter deiner Entdeckung steckt. Er sieht nicht, daß es eine wirkliche Idee ist. Wahrscheinlich wird der Kellner der letzte sein, den deine Idee jemals erreichen wird, und du rennst zu ihm hin, als ob du ihn bekehren wolltest. Selbst der beflissenste Schriftsteller würde das nicht versuchen, und du hast es auch nicht versucht, denn in Wahrheit bist du nur aus Angst zu dem Kellner gelaufen, aus Angst vor deiner eigenen Idee, weil du sie wieder loswerden wolltest, weil sie schon im Ansatz gezeigt hat, welch schreckliche Anstrengung sie kosten wird, weil sie schon im Ansatz gezeigt hat, daß sie dein ganzes Leben unterwerfen

wird, daß sie dich in unbekannte Abgründe stürzt, daß sie eine Idee ist, wie es nur wenige gibt auf der Welt, eine Idee, die Gott zum Menschen werden läßt.‹
Ich klammerte mich mit den Händen an der Tischplatte fest. ›Ruhig‹, dachte ich, ›nur ruhig. Noch hast du nichts vollbracht. Noch hast du nur die Idee der Idee.‹
Ich rieb mir mit den Handballen über die Schläfen. ›Nein‹, dachte ich und schüttelte den Kopf. ›Du hast viel mehr. Du hast die Idee und du hast den Menschen. Nur deine Angst läßt dich zurückschrecken, denn der einzige, den du jetzt noch für dich gewinnen mußt, bist du selbst.‹
Ich streckte meine Arme zu dem Betrunkenen vor. ›So wie er sein Leben für dich aufgegeben hat‹, dachte ich, ›so mußt du dein Leben für ihn und deine Idee aufgeben. Warum sonst sollte er die Frau verlassen haben? Er liebt sie doch. Jeden Tag küßt er sie. Aber er küßt sie an einem Ort, den nur er kennt. Dorthin mußt du ihm folgen, denn dort wirst auch du deine Frau küssen, und du wirst sie küssen, wie du sie noch nie geküßt hast, wie ein Mensch einen Menschen gar nicht küssen kann, denn deine Liebe wird ohne Halt sein, und das Kind drückst du an dich, bis es in deinem Herz verschwindet. Ja!‹ dachte ich und blickte zu den Postkarten auf den Boden hinunter. ›Das ist der Grund, warum du keinen Brief hinterlassen hast. Wie sollst du auch etwas erklären, was man nicht er-

klären kann. Dabei hast du von Anfang an gewußt, daß es kein Wiedersehen geben wird, daß sie von nun an erst geduldig, dann verzweifelt, schließlich voller Verachtung auf dich warten werden, daß sie dich hassen und verfluchen werden und daß von der Liebe, die zwischen euch ist, nur noch die Liebe bleiben wird, die in dir ist.‹

Ich stöhnte auf. ›Warum‹, dachte ich, ›muß immer alles so schrecklich sein‹, und mir war, als spiegele sich das Kind in meinen feuchten Augen, und mit den kleinen Händen strich es über meine Wange. Ich schüttelte den Kopf und wischte mir die Tränen weg. ›Es gibt so viele Väter‹, dachte ich, ›da mußt du keiner sein. Deine Liebe war nur groß, wenn du das Kind an dich gedrückt hast, als ob sein schnelles Herz deines ansteckt, aber sobald du dich von dem Kind abgewendet hast, warst du kalt, und wenn du sein Stimmchen hörtest, daß so leicht durch alle Wände ging, war das nur ein Geräusch, und nachts im Bett lagst du wach, als ob du nicht mehr an die Stille glauben könntest, und du hast die Augen geschlossen, aber das Licht wollte nicht ausgehen, und dann bist du in das Kinderzimmer geschlichen und das Kind lag da, so seelenruhig, wie ein Mensch, der alles, was er nur rauben konnte, auch geraubt hat.‹

Ich nahm noch einen Schluck Wein. ›Hier wirst du wieder richtig schlafen‹, dachte ich. ›Du wirst es ganz neu lernen, und auch am Tag wirst du nicht aufhören

zu träumen, denn die Sehnsucht, die du nach deiner Frau und deinem Kind haben wirst, sie wird von Tag zu Tag größer werden, und auch, wenn du sie für immer verlassen hast, so bist du für immer mit der Liebe, die nur ein Vater empfinden kann, gesegnet.‹
Ich sah auf den Betrunkenen. ›So wie er schläft‹, dachte ich, ›so wirst auch du schlafen. Du bist genauso erschöpft wie er.‹
Ich nahm den letzten Schluck Wein und stellte das Glas auf den Boden. Dann legte ich meine Arme auf den Tisch und bettete den Kopf zwischen sie. Das Schnarchen des Betrunkenen ließ meine Haare erzittern, und ich hob den Kopf noch einmal an, fuhr mir über den Schädel und legte mich wieder über den Tisch. ›Du mußt schlafen‹, dachte ich und spürte, wie mein Atem auf dem Tisch feucht wurde. Schon wollte ich den Kopf wieder heben. Statt dessen schwenkte ich den Ellbogen aus, bis er den Betrunkenen berührte. ›Schlaf jetzt bitte‹, dachte ich, und in der Tat wurde mir jetzt schwer und dunkel, und mir war, als bräche mein Kopf durch den Tisch. Immer ferner wurde das Schnarchen des Betrunkenen, jetzt schon, als käme es mit einem lautlosen Flügelschlag, und aus einem wogenden, gelben Meer streckte der Kellner seinen Kopf hervor und trat an unseren Tisch heran. »Komm«, sagte er, und mir war plötzlich, als würde der Tisch ganz leicht werden, als würde er sich erheben und mit mir durch die Luft fliegen. ›Du bist

tatsächlich eingeschlafen‹, dachte ich und merkte sogar noch, wie ich den Kopf drehte. Dann war ich in den Wolken. Meine Frau legte sich weich über meinen Rücken, und wir sahen auf das Kind hinab. Der Kellner schlenderte einen Hügel hinunter, hob es auf seinen Arm und trug es davon. »Wir sind Striche«, vernahm ich die Stimme meiner Frau und nickte. Dann war ich allein auf einer Straße und sah auf die Uhr. ›Halb fünf‹, las ich und hob den Kopf wieder an. Ein Lastwagen kam auf mich zu, und ich drehte mich um und begann zu rennen. ›Das schaffst du nicht‹, dachte ich und spürte, wie meine Beine nachgaben. Der Lastwagen rollte über mich hinweg, und ich lag mit dem Kopf in einer Lache. ›O nein‹, dachte ich und sah auf meine Hand, ›du bist völlig zermanscht‹, und während ich so still lag, wurde mir ganz gemütlich. ›Du warst noch nie so hilflos‹, dachte ich und spürte, wie mich jemand auf seinen Arm hob, die vier Stockwerke hinauftrug und zu meiner Frau ins Bett legte. Schon war das Laken voller Blut. Schwer atmete meine Frau im Schlaf. ›Du mußt aufwachen‹, dachte ich und versuchte, zu ihr hin zu krabbeln. »Aufwachen!« rief ich, griff mit der Hand über den Tisch und riß die Augen auf.

Der Betrunkene war weg.

Ich schnellte mit dem Oberkörper in die Höh. Schon stand ich vor dem Tisch, stürzte auf den Eingang zu und sprang die Stufen hinauf.

»Wo ist er!« schrie ich.
Der Kellner saß an einem kleinen Tisch und blickte zu mir auf.
»Wer?« fragte er.
»Der Betrunkene!« rief ich.
»Gegangen«, sagte der Kellner.
»Wann!« schrie ich.
»Vor einer Weile«, sagte der Kellner.
Ich sackte zusammen.
»Wohin?« fragte ich.
Der Kellner erhob sich. »Woher soll ich das wissen«, sagte er.
»Hat er denn nichts gesagt?« fragte ich.
Der Kellner schüttelte den Kopf.
Ich blickte zum Eingang hin. »Er muß doch etwas gesagt haben«, sagte ich.
Der Kellner trat einen Schritt auf mich zu und sah mich an. »Was denken Sie bloß«, sagte er und ging um mich herum hinter den Tresen. »Ganz erschrocken war er, als er aufgewacht ist«, sagte er. »Er hat richtig Angst bekommen. Wie ein Wahnsinniger hat er Sie angestarrt und ist rückwärts gelaufen. Es war reines Glück, daß er keinen Tisch umgestoßen hat. Ich mußte schnell zu ihm hineilen und ihn wegführen. ›Wer ist das?‹ hat er mich wieder und wieder gefragt.«
Ich beugte mich über den Tresen. »Und was haben Sie gesagt?« fragte ich.
»Ein Urlauber«, antwortete der Kellner.

Ich schnellte wieder zurück. »Ein Urlauber!« rief ich und lachte auf.
Der Kellner richtete seinen Finger auf mich. »Hören Sie«, sagte er, »Sie haben keinen Grund, jetzt frech zu werden. Überlegen Sie sich zuerst, wie Sie sich hier aufführen. Ich könnte Sie genausogut rauswerfen, oder denken Sie, ich habe es gern, wenn man bei mir am Tisch schläft.«
Ich senkte den Kopf, und schon in der Bewegung ärgerte ich mich über meine Schwäche. »Ich war erschöpft«, zischte ich.
»Trotzdem verstehen Sie hoffentlich, was ich sage«, setzte der Kellner nach, nahm einen kleinen Stapel Teller und tunkte sie ins Abwaschwasser. »Was wollen Sie eigentlich von ihm?« fragte er.
Ich trat einen Schritt nach hinten. »Das werden Sie nie nachvollziehen können«, sagte ich.
Der Kellner blieb über das Wasser gebeugt. »Es geht mich ja auch gar nichts an«, sagte er, »es wundert mich nur.« Der Kellner hob den Blick. »Sie sehen doch aus wie ein vernünftiger Mann.«
Ich spürte, wie mir das Blut in den Kopf schoß. »Wie kommen ausgerechnet Sie heute dazu, mir zu erzählen, was vernünftig ist«, sagte ich. »Sie wissen doch überhaupt nicht, worüber Sie reden. Für Sie gibt es doch nur die einzige Vernunft, daß der eine Tag ist wie der andere und man immer der einfachsten Erklärung in die Arme fällt. Nein«, sagte ich und hob

abwehrend eine Hand zum Kellner auf, der jetzt seinerseits seine Hände an der Hose trocknete und böse zu mir hinabsah, »bitte unterbrechen Sie mich nicht. Was ich gerade gesagt habe, ist mir rausgerutscht. Sie glauben gar nicht, was mich dieser Tag schon an Kraft gekostet hat. Es war wie ein Schock, diesen Menschen zu sehen und in ihm denjenigen zu erblicken, den ich so lange gesucht habe. Es ist ganz richtig, was Sie gesagt haben. Er ist ein hoffnungsloser Trinker. Trotzdem bleibt mir keine andere Wahl, als mich von nun an täglich um ihn zu kümmern. Von heute ab steht er unter meinem Schutz.«

Der Kellner sah mich an. Dann beugte er sich zur Seite, griff nach einem Handtuch und schwang es sich über die Schulter. »Sind Sie vielleicht mit ihm verwandt?« fragte er und kam um den Tresen herum auf mich zu.

Ich senkte den Blick und schwieg.

Der Kellner legte mir die Hand auf die Schulter. »Verstehe«, sagte er. »Das war kein schöner Anblick für Sie. Sie müssen sich vor mir für ihn nicht schämen. Es ist gut, wenn sich jemand seiner annimmt, bevor er vollends vor die Hunde geht.«

Ich blickte auf. »Können Sie mir sagen, wo er jetzt ist«, fragte ich. Der Kellner trat in den Eingang. »Wollen Sie ihn heute noch finden?« fragte er.

Ich nickte.

»Das wird nicht schwer sein«, sagte der Kellner. »Er

ist immer, bis es dunkel wird, in der Stadt. Sie werden ihn kaum verfehlen können.«

»Bezahlen muß ich nichts mehr?« fragte ich.

Der Kellner schüttelte den Kopf.

»Gut«, sagte ich und trat am Kellner vorbei zur Tür hinaus.

»Viel Glück«, hörte ich ihn noch wünschen.

›Links‹, dachte ich und lief die Straße hinauf.

Die Sonne stand schon tief.

»Mein Gott«, stöhnte ich auf und zog im Lauf meine Uhr aus der Hosentasche. ›Kurz nach fünf‹, las ich und beschleunigte noch meinen Schritt. Ich war in einer Fußgängerzone. Vor jedem Schaufenster standen Menschen, und aus den Geschäften traten andere mitten in meinen Weg hinein. »Vorsicht«, zischte ich und wich mit einer Krümmung des ganzen Körpers an ihnen vorbei. Schon wurde mir der Atem flach, und mein Blick sprang fahrig vor mir her. ›Du würdest ihn nicht einmal erkennen‹, dachte ich plötzlich und versuchte, mir den Betrunkenen ins Gedächtnis zurückzurufen. Sein Bild war weg. Nur der Kellner kam auf den Tisch zu. Ich stoppte meinen Lauf und legte mir die Hände vor die Augen. »Du mußt doch noch wissen, wie er aussah«, flüsterte ich und schüttelte den Kopf. »Warum bist du nur eingeschlafen. So tief kann doch gar kein Mensch schlafen.« Ich drehte mich um. ›Wenn du ihn gesehen hättest‹, dachte ich, ›hättest du ihn auch erkannt. Du mußt nur auf den

Mantel achten.‹ Ich ballte die Hände zu Fäusten. »Der Mantel!« rief ich, duckte mich und lugte zwischen den Passanten hindurch. Schon war mir, als hätte ich ihn dort in den Eingang gleiten sehen, und ich stürzte die Straße hinunter.

Ein kleines Mädchen streckte seinen Arm zu einem Klingelknopf hinauf. Ich lächelte ihm zu. »Wohnst du hier?« fragte ich, aber schon summte die Tür, und das Mädchen stemmte sie mit ihrem kleinen Gewicht auf. Ich wandte mich wieder in die Straße. ›Du hast keine Eile‹, dachte ich. »Ein Urlauber!« rief ich und lachte auf. Dann schlug ich mir gegen die Stirn. »Was für ein Tag«, flüsterte ich und sah zur Sonne hinauf. ›Es ist nicht der letzte Tag‹, dachte ich, während ich langsam die Straße entlangschlenderte. ›Auch wenn du bis an dein Lebensende durch dieses Städtchen wandern mußt, so weißt du jetzt, was du suchst, und selbst, wenn du ihn tatsächlich nicht wiederfinden solltest und das Ereignis von heute in so weite Ferne gerückt ist, daß der Mantel vor deinen Augen in allen Farben schimmert, so bleibt deine Wachsamkeit trotzdem unaufhörlich. Du brauchst nur Geduld. Allein für deine Geduld werden die Menschen, die jetzt achtlos an dir vorüberlaufen, dich irgendwann bewundern, denn sie wissen, daß du nur für sie durch die Straßen läufst, und sie werden sich an den Rand deines Weges knien, und wenn du sie anschaust, so wird es sein, als entspringt ihr Leben deinem Blick.‹

Ich hob den Kopf, und mir war plötzlich, als wäre ich hier überall schon einmal gewesen. Die Häuser, jeder Eingang schien mir vertraut und auch die Menschen, die ich auf der Straße sah, sah ich nicht zum ersten Mal. Als hielten wir uns schon seit Ewigkeiten an den Händen, so vertraut war mir jeder einzelne. Kaum, daß ich den Kopf aufrechthalten konnte, um nicht zu grüßen, und da ich jetzt stehenblieb, begriff ich, daß es gar nicht meine Augen waren, die aus mir blickten, sondern seine, daß er irgendwo hinter mir war. »Wo bist du!« rief ich leise und trat einen Schritt zurück.
»Passen Sie doch auf!« schrie eine Frauenstimme, und während ich noch halb über dem Kinderwagen die Balance suchte, sah ich in ihr erschrockenes Gesicht.
»Hoppla!« rief ich aus, indem ich zur Seite strauchelte, und stand im nächsten Moment neben ihr.
Die Frau schloß die Augen und legte die Hand auf ihr Herz.
»Es tut mir leid«, sagte ich.
Die Frau atmete aus und öffnete die Augen wieder.
»Es ist ja nichts passiert«, sagte sie.
»Ein Glück«, sagte ich.
Die Frau beugte sich zu dem Kinderwagen hinunter, glättete die Decke, steckte den Kopf unter das Verdeck und richtete sich wieder auf. »Es ist aufgewacht«, sagte sie, ohne den Blick aus dem Kinderwagen zu heben.

»Darf ich es mal sehen?« fragte ich, und die Frau trat zur Seite. Ich bückte mich und schob meinen Kopf unter das Verdeck. »Hallo«, sagte ich. Das Kind lag auf dem Rücken und sah mich munter an. Ich zog den Kopf wieder zurück. »Mein Kind ist auch nicht erheblich älter«, sagte ich.
Die Frau nickte.
»Ich würde Sie gern einladen«, sagte ich.
»Das geht nicht«, sagte die Frau und drängte mich, indem sie mir ihre Arme entgegenschwenkte und die Hände fest um den Griff des Kinderwagens legte, zur Seite.
»Es tut mir wirklich leid«, sagte ich.
»Schon gut«, sagte die Frau und setzte ihren Weg fort. Ich sah ihr eine Weile nach, dann holte ich sie wieder ein. »Vielleicht können Sie mir helfen«, sagte ich, während ich an ihrer Seite ging.
»Was wollen Sie denn wissen?« fragte die Frau, ohne zu mir hinzusehen.
»Ich möchte nur wissen«, sagte ich, »ob Sie vielleicht einen Mann in einem Mantel gesehen haben?«
Die Frau schüttelte den Kopf. »Habe ich nicht«, sagte sie.
»Vielleicht können Sie mir trotzdem weiterhelfen«, setzte ich etwas lauter nach, während ich einen Passanten umrundete, »denn falls Sie hier wohnen, kennen Sie bestimmt den Mann, den ich suche.«
Die Frau sah mich wütend an. »Lassen Sie mich doch

endlich in Ruhe!« zischte sie, und ein junger, großer Kerl baute sich vor mir auf.
»Was ist denn hier los?« fragte er mich, während ich noch hörte, wie aus dem Kinderwagen, der sich schnell entfernte, entsetztes Weinen erscholl.
»Nichts«, sagte ich und zuckte mit den Achseln.
Der junge Kerl trat noch einen kurzen Schritt auf mich zu. »Das glaube ich Ihnen nicht«, sagte er.
Ich duckte den Kopf. »Ich habe ihr nur erzählt«, sagte ich, »daß ich auch ein Kind habe.«
»Es scheint aber«, sagte der junge Kerl, »als wenn sie das gar nicht wissen wollte.«
Ich schwieg.
»Ich glaube, es ist besser«, sagte der junge Kerl jetzt, »Sie gehen in die andere Richtung weiter.«
»Ja, ja«, sagte ich und drehte mich um. Dann spürte ich einen harten Schlag gegen meinen Hinterkopf, der mich nach vorne taumeln ließ. »Blödmann!« entfuhr es mir, und nach ein paar Metern drehte ich mich noch einmal um.
Der junge Kerl erhob die Faust gegen mich, und ich eilte weiter.
»Und so was will ein Vater sein!« hörte ich ihn noch rufen, und erst als ich in einem Bereich der Straße gelangt war, in dem die Passanten nicht mehr zu mir hin starrten, spürte ich, wie schlecht mir war. Mit jedem weiteren Schritt glaubte ich zu stürzen. Ich schwenkte in einen Hauseingang und sank an die

Mauer. Sofort gaben meine Knie nach und ich rutschte hinunter.
»Brauchen Sie Hilfe?« vernahm ich eine Stimme über mir und schüttelte den Kopf. Dann arbeitete ich mich mit den Schulterblättern mühsam wieder die Mauer hinauf und blickte, die Hände flach an der Wand, indem ich mich ein wenig vorbeugte, die Straße hinauf und hinunter. ›Du mußt dich irgendwo hinsetzen‹, dachte ich und erinnerte mich, daß ich vorhin, nicht weit von hier, eine Bank gesehen hatte. Den Blick ausschließlich auf den Füßen, die flach am Boden entlangschlichen, setzte ich mich wieder in Bewegung. ›Hoffentlich ist die Bank nicht besetzt‹, dachte ich und holte tief Luft. »Das ist doch nun auch gleichgültig«, flüsterte ich in mich hinein, »wenn die Bank besetzt ist, brichst du ohnehin zusammen.«
Ich hob die Hände zu meinem Kopf hinauf und fuhr mir mit ihrem Rücken über die Augen. »Du darfst dich jetzt nicht so fallen lassen«, sprach ich mir zu. »So viel ist doch nicht passiert. Ein kleiner Rempler, ein Mißverständnis, eigentlich ein Unfall, mehr war das doch nicht.« ›Richtig‹, dachte ich. ›Du läßt dich doch jetzt nicht entmutigen. Das ist genau das, was dieser Kerl wollte. Dabei geht es ihm gar nicht um dich, sondern nur um deine Idee. Sie ist für ihn gefährlich. Sie ist für alle Menschen gefährlich, die dich zerstören wollen, und es werden Tausende sein, Tausende, die dir fortan auf den Kopf hauen wollen,

ganze Armeen fürchterlicher Menschen, die nur darauf aus sind, dich einmal in ihrem Leben packen zu können.‹ Ich strich mir mit der Hand über den Hinterkopf. ›Das ist ja schrecklich‹, dachte ich, während ich mich auf die Bank niederließ.
Ein Fahrradfahrer fuhr vorbei, und ich starrte ihm hinterher. ›Sollen sie doch kommen‹, dachte ich, ›das schaffst du auch noch. Irgendwann wird ihnen ihre Hand schon im Schlag müde, und andere werden kommen, die sich vor dich stellen, denn jeder weiß um deine Idee. Man sieht sie dir an. Selbst das Kind, mit seinen winzigen Augen, hat sie gesehen. Daran mußt du denken, wenn sie dich wieder prügeln. Diesen Blick darfst du nicht verlieren. Wenn du diesen Blick nicht verlierst‹, dachte ich, ›dann wird alles ganz leicht zu ertragen sein.‹
Ich schloß erschöpft die Augen. In weiter Ferne hörte ich eine Sirene heulen und ein paar Autos hupten leise. ›Ein Unfall‹, dachte ich müde, und durch den Flur krabbelte mein Kind zu mir hin und hob sein Köpfchen zu mir auf. ›Hallo‹, hörte ich mich sagen, und aus dem Wohnzimmer trat der Betrunkene, streifte seinen Mantel ab, kniete sich vor das Kind und deckte es mit ihm zu. ›So‹, sagte er, indem er sich wieder aufrichtete, hob ein Bein, hielt sich, da er leicht schwankte, an der Wand und drückte das Kind mit dem Fuß nieder. Dann lachte er mich an.
Ich riß die Augen wieder auf und sprang in die

Höhe, doch sackte ich noch in der Luft wieder zusammen.
»Ich weiß, daß du hier bist«, flüsterte ich und beugte mich vor. »Du folgst mir. Du begleitest jeden meiner Schritte. Aufgeregt blickst du in mein Gesicht. ›Was denkt er jetzt wohl?‹ fragst du dich, und dein Herz wird dir ganz klamm. ›Nein‹, sprichst du dir Mut zu, ›er ist es. Er ist es, auf den du die ganze Zeit gewartet hast. Sofort, als du ihn im Café sahst, wußtest du, daß er es ist. Auch wenn jetzt Sonnen vor ihm platzen und barbusige Frauen ihm Kinderaugen aus dünnen Schalen reichen, so denkt er nur an dich, und ist er erst so berühmt, daß keiner es mehr wagt, in seine Nähe zu kommen, so wirst du für immer der einzige sein, der bei ihm ist, denn es war dein Blick, in dem er die Unschuld neu sah.‹
Ich warf die Hände vor die Augen. ›Was für ein Mensch‹, dachte ich. »Das ist doch kein Mensch mehr«, flüsterte ich und spürte, wie mein Atem zu zittern begann. ›So selbstlos spazieren doch nur Monster durch die Welt‹, dachte ich, ›und du hast jetzt mit deiner Unvorsichtigkeit seine gesamte Erwartung geweckt. Du bist jetzt die einzig mögliche Hoffnung seines Lebens.‹
Ich schüttelte den Kopf. ›Das schaffst du nicht‹, dachte ich und sah zum Himmel hinauf. Meine Frau winkte mir zu, und ich warf den Blick schnell zu Boden. ›Immer erwarten alle etwas von mir‹, dachte ich.

›Deinem Kind darfst du nicht in die Augen sehen, weil jetzt fortan, Nacht für Nacht, dieser Mensch an deiner Seite sitzt. Krampfhaft starrt er auf dein Papier. Die Helle blendet ihn, und trotzdem wendet er sich keinen Moment ab, denn er braucht deine Worte. Ohne deine Worte ist er ohne Sinn. Auch wenn du nach Jahren noch immer keinen Satz an den anderen gereiht hast, schmiegt er sich mit der immer gleichen Bewegung an dich, und nur in der kurzen Zeit deines Schlafes wagt er es, dich zu hassen. Sobald du dann aber die Augen aufschlägst, wirst du den Stift schreibbereit zwischen deinen Fingern finden, und während du noch benommen hinter ihm her zum Schreibtisch schleichst, blickt er dich schon wieder mit seinen unschuldigen Augen an, und da er jetzt wie immer voller Erwartung auf das Papier starrt und schon den Atem anhält, wenn du den Stift nur senkst, verstehst du plötzlich, daß es gar nichts gibt, was er dir geben kann, daß du sein vollkommenes Glück bist, daß, außer dir, nichts mehr in ihm ist und du allein die unglückliche Figur bist.‹

Ich sprang auf und eilte zweimal um die Bank. Zwei Mädchen in bunten Kleidern blieben vor mir stehen und kicherten sich mit schiefen Köpfen zu. »Haut ab!« schrie ich und trat nach ihnen in die Luft.

Dann setzte ich mich wieder.

›Er hat dich reingelegt‹, dachte ich. ›Dieser verkommene Mensch hat dir eine Falle gestellt und du tappst direkt in sie hinein.‹ – »Na warte«, zischte ich, indem ich mich aufrichtete. »Du Betrüger«, sprach ich vor mich hin und ging schon die Straße hinunter. »Du willst dich an meinem Unglück weiden. Dabei bist du nur ein kleiner Schmarotzer. Allein die Art und Weise, wie du dich an meinen Tisch geschlichen hast, war die reine Hinterlist, aber jetzt ist Schluß, denn mein Unglück ist mächtig und ich werde die Welt mit all meiner Kraft vor ihm schützen. Lieber bringe ich mich um, als daß ich jemals wieder eine Zeile schreibe. Selbst wenn du über Jahre an jede Tür klopfst, hinter der ich sitze, und einen Feuersalamander nach dem anderen durch die Ritze schiebst, so werde ich dir nicht öffnen. Hör auf!« rief ich und legte mir die Hände auf die Ohren. »Du mußt nicht mehr klopfen. All dein Warten war umsonst. Es hat sich nicht gelohnt, denn du bist verloren und mit dir all die anderen Unglücklichen, die jetzt auf mich einprügeln wollen. Niemand wird mich mehr mit seinen unschuldigen Augen einfangen können. Ewig werdet ihr vor meiner Tür stehen, und erst, wenn das Glück auf der ganzen Welt ausgebrochen ist, geben eure Beine mürbe nach, und dann wird die Angst mit dunklen Tagen auf euch niederstürzen, und während euer Blick noch in der dumpfen Sonne verkühlt, lege ich den Kopf in die Hände, um für euch zu weinen, und in meinen Tränen wird euer ganzes Unglück sein, denn das ist mein fürchterliches Schicksal.« Ich

warf die Arme in die Höhe. »Du Unglücklicher!« rief ich und beschleunigte noch meinen Lauf.
Die Fußgängerzone wurde von einer großen Straße durchschnitten, und ich lehnte mich an eine Ampel. Die Autos standen. Ich blickte den Bürgersteig hinunter auf die Straße. ›Spring!‹ dachte ich und klammerte mich an der Ampel fest. Die Autos fuhren an.
›Du mußt vorsichtig zurück‹, dachte ich und trat, ohne meinen Griff von der Ampel zu lösen, einen Schritt nach hinten. Plötzlich sah ich eine Taube, die schief zwischen dem Verkehr mit gebrochenem Flügel hin und her hüpfte. Ein Lastwagen donnerte über sie hinweg. ›O Gott‹, dachte ich, doch entdeckte ich sie schon im nächsten Moment wieder. Vom Sog um wenige Meter versetzt, verharrte sie in sich gekauert auf einem Bein, und es schien, als umgab sie jetzt eine erstaunliche Ruhe. Die Autos hielten wieder, und obwohl ich wie gelähmt war, ließ ich die Ampel los, drehte mich vorsichtig um und schlich wieder in die Fußgängerzone hinein. Nach ein paar Metern hörte ich den Verkehr von neuem anrollen. ›Die Taube!‹ schoß es mir durch den Kopf. Schon wollte ich zurück, aber etwas hielt mich. Ich wagte nicht einmal, mich umzusehen. Statt dessen stürzte ich auf einen Passanten zu.
»Da!« rief ich, streckte den Arm nach hinten und wies mit dem Finger zur Straße.

Der Mann sah zu mir hinunter. »Was ist denn da?« fragte er.
»Ein Vogel«, sagte ich.
Der Mann tippte sich auf die Stirn und trat an mir vorbei.
›Reiß dich zusammen‹, dachte ich und versuchte noch einmal, mich umzudrehen, doch als ich den Oberkörper bereits fast zur Hälfte gebogen hatte, hörte ich plötzlich lärmend das Signal eines Feuerwehrautos. Schon schmetterte es zwischen meinen Ohren. Ich riß den Kopf herum und sah in das entsetzte Gesicht des Betrunkenen. Flach und grau lag er auf der Straße, und unter dem Mantel kam Blut hervor. Noch sah er mich an, aber dann schloß er die Augen, und während sein Kopf sank, öffnete sich leblos seine Hand, und der Vogel sprang aus ihr auf den Bürgersteig hinauf. Ich wandte den Blick ab und ging langsam die Fußgängerzone hinunter. Auf der Bank saß ein alter Mann und lehnte müde über seinen Stock. Eine Weile überlegte ich, ob ich mich neben ihn setzen sollte, dann ging ich weiter. ›Rechts‹, dachte ich und setzte mich, zurück im Café, wieder an den alten Tisch.
Der Kellner erschien am Eingang, und als er mich sah, winkte er mir zu.
Ich blickte auf den Tisch, stützte mich mit beiden Händen auf der Platte ab und erhob mich.
Der Kellner schüttelte den Kopf und legte eine Hand

an den Mund. »Warten Sie!« rief er mir leise zu und verschwand wieder im Eingang.

Ich blieb stehen und sah aus meiner Höhe auf das Café. Die Tische waren alle leer. Nur an einem saßen sich zwei alte Damen gegenüber und aßen still ein Stück Kuchen. Der Kellner erschien wieder, und während er auf mich zu trat, lächelte er. Dann drückte er mir die Postkarten in die Hand.

»Sie scheinen Gefallen an dem Motiv zu haben«, sagte er.

Ich blickte auf die Postkarten in meiner Hand, begann sie mit dem Daumen kurz durchzublättern und sank auf den Stuhl.

»Ist es immer das gleiche?« fragte ich.

»Wußten Sie das gar nicht?« fragte der Kellner zurück.

Ich schüttelte den Kopf.

»Darf ich ein Glas Wasser haben?« fragte ich.

»Selbstverständlich«, sagte der Kellner und machte sich auf den Weg. Ich legte den Stapel mit den Postkarten vor mich auf den Tisch, lehnte mich zurück und hob den Blick zum Himmel hinauf. Dann schnellte ich wieder vor, riß die oberste Postkarte von dem Stapel und drehte sie auf die leere Seite. ›Mein Freund‹, las ich, stöhnte auf, lehnte mich wieder zurück, ließ den Kopf in den Nacken sinken und legte mir die Postkarte auf die Augen. ›Du Unglücklicher‹, dachte ich, ›jetzt hast du auch noch den letzten Freund verloren.‹

Ich holte tief Luft. Die Postkarte fiel in meinen Schoß. ›Du mußt ihn rächen‹, dachte ich.
Der Kellner stellte das Glas vor mich auf den Tisch. »Was ist denn mit Ihnen?« fragte er.
Ich griff nach seinem Arm. »Er ist tot«, sagte ich.
Der Kellner zuckte zusammen. »Wer?« fragte er, indem er sich zu befreien versuchte.
Ich sah zu dem leeren Stuhl hin und ließ den Kellner los.
Der Kellner trat schnell einen Schritt nach hinten. »Ihr Verwandter?« fragte er.
Ich nickte, und der Kellner trat wieder vor und beugte sich über mich. »Warum?« fragte er.
Ich spürte, wie Tränen in meine Augen stiegen, und wischte sie mir mit dem Ärmel aus. Der Kellner blies die Backen auf, atmete tief aus und sah zu dem Tisch mit den beiden alten Damen hinüber. »Kommen Sie«, sagte er dann, nahm mich unter den Arm und zog mich hinter sich her die Stufen hinauf in den Innenraum des Cafés. Dort setzte er mich auf einen Stuhl, ging hinter den Tresen, goß uns beiden einen doppelten Schnaps ein und kam zurück. »Trinken Sie erst mal«, sagte er und hielt mir das Glas hin. Ich setzte es an den Mund, leerte es in einem Zug und stellte es auf den Tisch.
»Besser«, fragte der Kellner.
Ich nickte.
Der Kellner warf einen Blick aus dem Eingang über

das Café und setzte sich mir gegenüber. »Wie ist es denn passiert?« fragte er.
Ich sah zum Tresen hinauf. »Darf ich noch einen Schnaps haben?« fragte ich.
»Selbstverständlich«, sagte der Kellner, erhob sich, griff über den Tresen und stellte die Flasche auf den Tisch. »Nehmen Sie sich«, sagte er.
Ich schraubte den Deckel ab und goß mir ein. »Ich trinke sonst nie Schnaps«, sagte ich, indem ich das leere Glas wieder auf den Tisch stellte.
Der Kellner griff um die Flasche und rückte sie zu sich hin. Ich hob die Hände. »Es ist die Wahrheit«, sagte ich und wandte meinen Kopf zum Eingang hin. »Wie spät ist es?« fragte ich.
Der Kellner sah auf seine Uhr. »Gleich sieben«, sagte er.
Ich stützte mich auf dem Stuhl ab und erhob mich. »Wissen Sie, wann die letzten Züge gehen?« fragte ich.
»Sie wollen doch jetzt nicht fahren«, sagte der Kellner.
»Nein«, sagte ich und setzte mich wieder, »natürlich nicht. Es ist nur so, daß ich nicht einmal ein Zimmer habe. Ich hatte bis jetzt auch noch gar nicht die Zeit, mir eines zu suchen. Trotzdem muß ich heute nacht irgendwo schlafen.«
»Ein Zimmer«, unterbrach mich der Kellner, »ist hier kein Problem.«
»Ich muß mich aber darauf verlassen können«, sagte

ich. »Die letzte Nacht habe ich mit offenen Augen in der Eisenbahn verbracht. Ganz plötzlich bin ich von zu Hause aufgebrochen. Ich habe nicht einmal einen Brief hinterlassen. Niemand weiß, wo ich bin.«

»Warum rufen Sie nicht einfach an?« fragte der Kellner.

»Ich kann jetzt nicht anrufen«, sagte ich und schüttelte den Kopf, »was soll ich denn sagen. Ich weiß ja noch gar nicht, ob ich überhaupt wieder nach Hause möchte. Wie soll ich mich denn jetzt jemals wieder an den Schreibtisch setzen.« Ich ließ den Blick auf die Flasche sinken. »Darf ich noch einen Schnaps?« fragte ich.

Der Kellner zögerte, dann nahm er die Flasche. »Erzählen Sie mir jetzt, wie es passiert ist«, sagte er, schenkte mein Glas zur Hälfte voll und stellte es vor mich.

Ich sah in das Glas hinein und rieb mir die Fäuste an den Schläfen. »Ich weiß nicht«, sagte ich. »Er lag dort auf der Straße und alles war voll Blut. Seinen Kopf wand er hin und her und aus seinen Händen sprang ein Vogel.« Ich griff nach dem Glas und kippte es hinunter. Der Kellner ließ seinen Blick nicht von mir. Ich krallte die Hände in meine Haare. »Sie müssen mir glauben«, fuhr ich fort. »Sie selbst haben mir doch die Geschichte mit dem Feuersalamander erzählt. Es war wieder so ein armseliges Tier. Er hat sich einfach in den Verkehr gestürzt.«

Der Kellner lehnte sich zurück. »Haben Sie der Polizei schon erzählt, daß Sie ein Verwandter von ihm sind?« fragte er.
Ich spürte, wie sich meine Hände aus den Haaren lösten. »Ja«, sagte ich, »aber nur ganz kurz. Ich soll morgen früh noch mal erscheinen.«
»Sie sind wirklich ein Pechvogel«, sagte der Kellner und schüttelte den Kopf. »Was soll man dazu sagen«, fuhr er fort, erhob sich, breitete die Arme aus und ließ sie an seine Beine zurückfallen. Dann beugte er sich zur Seite und sah zum Eingang hinaus. »Jetzt sitzen die immer noch da draußen«, sagte er.
»Wollen Sie schon schließen?« fragte ich.
Der Kellner blickte zu mir hinab, setzte sich, indem er in die Hände klatschte, wieder auf den Stuhl und griff nach der Flasche.
»Trinken Sie noch einen Schnaps?« fragte er.
Ich nickte.
Der Kellner schenkte unsere Gläser voll. »Auf Sie«, sagte er.
Ich zog das Glas von meinen Lippen weg. »Ich kann nicht auf mich trinken«, sagte ich.
Der Kellner hob sein Glas erneut. »Wir sollten auf ihn trinken«, sagte er.
Ich nahm mein Glas und stieß es gegen das des Kellners. »Auf ihn«, sagte ich.
»Er war ein feiner Kerl«, sagte der Kellner, indem er das leere Glas wieder auf den Tisch stellte.

»Das sagen Sie doch nur, weil ich ein Verwandter von ihm bin«, sagte ich.

Der Kellner schüttelte den Kopf. »Wissen Sie«, hob er an, »in meinem Beruf lernt man die Menschen kennen. Bei den meisten genügt es, wenn man sie nur sieht, aber so jemand wie Ihr Verwandter ist mir bisher noch nicht vorgekommen. Ich gebe zu, daß er mir auch manchmal lästig war, aber trotzdem habe ich ihn in mein Herz geschlossen. Er war ein im Grunde lieber Mensch. Ich arbeite ja noch gar nicht so lange hier. Deshalb weiß ich das meiste nur vom Hörensagen. In diesem Nest spricht sich alles schnell rum. Ich bin ja nur hier, weil meine Frau hier ein Haus geerbt hat. Freiwillig wäre ich niemals hierhergegangen. Ich bin eigentlich ein Mensch für eine große Stadt. Sie kommen doch aus einer großen Stadt?«

Ich nickte.

»So etwas sehe ich schon von weitem«, fuhr der Kellner fort. »Ich kann sofort sagen, ob jemand aus einer größeren Stadt kommt, oder nicht. Sogar von hinten erkenne ich die Leute. Das Problem hier ist, daß wir viel zuwenig Touristen haben. Dabei hat das Städtchen seine Reize. Nur die Leute sind stur. Die Leute hier wollen gar keine Touristen. Die schwimmen lieber vor sich hin. Glauben Sie mir, ich kann Ihren Verwandten durchaus verstehen, daß er hier verrückt geworden ist. Wahrscheinlich war er auch ein Mensch für die Stadt. Die Menschen in der Stadt sind freier,

als es die Menschen hier sind. Ich bin sogar schon am Überlegen, ob ich das Haus nicht verkaufen soll, aber da hat man die Kinder, und für die Kinder ist es hier natürlich schön.«
Der Kellner hielt inne und sah mich an. Ich zuckte mit den Achseln. »Ich weiß nicht«, sagte ich.
»Machen Sie sich darum keinen Kopf«, sagte der Kellner und warf die Hand nach hinten, »Sie haben heute genug eigene Sorgen.« Dann lehnte er sich schräg vom Stuhl und sah zum Eingang hinaus. »Unglaublich«, sagte er, indem er sich wieder aufrichtete, »jetzt sitzen die immer noch da draußen. Dabei unterhalten die sich nicht einmal. Aber so sind die Leute hier. Bestimmt hat heute Ihrem Verwandten auch niemand geholfen.«
Ich richtete meinen Blick auf die Flasche. »Trinken Sie noch einen Schnaps?« fragte ich.
»Das ist dann aber der letzte«, sagte der Kellner und schenkte unsere Gläser voll.
Ich nahm mein Glas zwischen die Finger und hob es an. Dann lachte ich plötzlich auf. »Das ist doch eigenartig«, sagte ich, stellte das Glas auf den Tisch zurück und beugte mich zu dem Kellner vor, »ich trinke einen Schnaps nach dem anderen und werde nicht betrunken.« – »Vielleicht merken Sie es nur nicht«, sagte der Kellner.
Ich lehnte mich wieder zurück. »Das wäre ja noch gut«, sagte ich, »aber so ist es nicht. Ich weiß, wovon

ich rede. Nichts in meinem Leben hat einen Sinn. Ich könnte noch hundert Schnäpse trinken. Allein der Wunsch, betrunken zu werden, läßt mich schon scheitern.« Ich lachte wieder auf und stützte mein Gesicht in die Hände. »Das müssen Sie sich vorstellen«, fuhr ich fort und ließ die Hände rücklings auf den Tisch fallen. »Es ist, als ob keine Bestellung jemals ihren Tisch erreicht. Ganz gleich, wohin ich mich wende, wem ich meine Arme entgegenstrecke, immer ist der Lohn, daß ich mich im nächsten Moment noch mehr verachte. Dabei werde ich sogar geliebt. Aber genau das erscheint mir als Anmaßung. Niemand hat dazu das Recht. Man darf einen unglücklichen Menschen nicht mit Liebe begegnen. Nur deshalb bin ich hier …«

»Und«, unterbrach mich der Kellner, »weil Sie Ihren Verwandten gesucht haben.«

Ich griff nach meinem Glas und kippte es hinunter. »Sehen Sie!« rief ich und breitete die Arme aus. »Ich bin immer noch nicht betrunken.«

»Wir sollten jetzt trotzdem Schluß machen«, sagte der Kellner, erhob sich, räumte die Gläser und die Flasche vom Tisch und stellte alles auf den Tresen. Dann ging er um den Tresen herum und begann zu hantieren. Auch ich erhob mich, und da ich merkte, daß ich leicht schwankte, trat ich schnell an den Tresen heran. »Haben Sie mal in seine Augen gesehen?« fragte ich.

Der Kellner bückte sich weg. »Bestimmt nicht so genau wie Sie«, sagte er von unten. »Setzen Sie sich besser«, fuhr er fort und kam plötzlich wieder hoch, »ich bin gleich wieder bei Ihnen. Wir müssen ohnehin noch warten, bis die beiden alten Damen gegangen sind. Das ist hier Prinzip.«
Ich nickte, tastete mich rückwärts meinem Stuhl entgegen und ließ mich nieder. »Wissen Sie«, sprach ich zum Tresen hin, »als ich ihm heute begegnet bin, habe ich plötzlich verstanden, daß er sein ganzes Leben lang auf mich gewartet hat.«
Der Kellner schüttelte den Kopf. »Das glaube ich nicht«, sagte er.
»Es ist aber so«, sagte ich. »Ich war seine einzige Hoffnung. Seine Augen haben mich gesucht. Die ganzen Jahre über haben mich seine Augen gesucht, und ich habe ihn verraten. Für nichts habe ich ihn verraten. Nur weil ein blöder Kerl mir auf den Kopf geschlagen hat. Das ist der einzige Grund!« Ich sprang auf. »Deshalb muß ich mich rächen!« rief ich.
Der Kellner eilte auf mich zu und faßte mich am Arm. »Sie machen sich Vorwürfe«, sagte er und ließ meinen Arm wieder los. »Das müssen Sie nicht. Dadurch wird er auch nicht wieder lebendig. Außerdem wäre, was heute passiert ist, früher oder später so oder so passiert, und vielleicht ist es sogar so das Beste. Ich denke da gar nicht nur an ihn, sondern auch an Sie.«

Ich sank auf den Stuhl und ließ den Kopf hängen.
»Ich will schlafen«, sagte ich.
Der Kellner entfernte sich einige Schritte, dann kam er wieder auf mich zu. »Wissen Sie was«, sagte er, »Sie schlafen heute nacht bei mir. Ich mache uns noch ein Brot und dann gehen wir zeitig zu Bett.«
Ich starrte zu dem Kellner hinauf. »Wirklich?« fragte ich.
»Selbstverständlich«, sagte der Kellner, »das ist kein Problem. Eine Pension finden wir auch morgen früh.«
Ich sah kurz auf den Tisch, bevor ich den Blick wieder zu dem Kellner hob. »Ich zahle das aber«, sagte ich.
»Das werden wir morgen sehen«, sagte der Kellner.
»Nein, bitte«, sagte ich und zog mein Portemonnaie aus der Tasche, »lassen Sie mich Ihnen jetzt das Geld geben.«
»Das brauchen Sie nicht«, sagte der Kellner.
»Ich will es«, sagte ich, während ich schon zwischen den Scheinen blätterte.
Der Kellner beugte sich zu mir hinab. »Dann geben Sie mir zwanzig Mark«, sagte er.
Ich zog einen Hundertmarkschein hervor. »Ich gebe Ihnen das, und morgen bekommen Sie noch einmal das gleiche«, sagte ich.
Der Kellner wehrte mit beiden Händen ab.
»Bitte«, sagte ich, »nehmen Sie. Ich habe genug.«
Der Kellner näherte seine Hand. »Dann lassen wir es

aber dabei, und Sie geben mir morgen nichts mehr«, sagte er.
»Das werden wir morgen sehen«, sagte ich und gab den Schein in die Hand des Kellners. Dann lehnte ich mich zurück, atmete tief durch und schloß die Augen. »Danke«, sagte ich.
»Ich muß mich bedanken«, sagte der Kellner und trat zurück. »Jetzt sind sie gegangen«, sagte er.
Ich öffnete die Augen wieder. »Haben sie bezahlt?« fragte ich.
»Die zahlen immer sofort«, sagte der Kellner. »Warten Sie hier«, fuhr er fort, indem er hinter den Tresen ging und mit einem aufgewickelten Drahtseil wieder hervorkam. »Ich muß nur die Stühle und Tische draußen aneinanderketten.«
Ich nickte, sah dem Kellner nach, der hinaustrat, wartete noch kurz, ließ mich dann vom Stuhl auf den Boden gleiten und lugte vorsichtig hinter dem Türpfosten hervor. Der Kellner war mir abgewandt. Ohne den Blick von ihm zu lassen, kroch ich an der Tür vorbei, kauerte mich fest an den Tresen und spähte hinauf. Dann brachte ich meinen Arm in die Höhe, bis meine Hand die Flasche umschloß, und holte sie zu mir herunter. Hastig trank ich mehrere Schlucke, klemmte die Flasche in die Armbeuge, wandte mich, das Kinn fast am Boden, wieder zur Tür und nahm, da der Kellner nicht einmal in meinem Blickfeld war, noch einen großen Schluck. Dann

setzte ich die Flasche wieder auf den Tresen, kroch zu meinem Stuhl zurück und kletterte hinauf.
›Du bist ein Halunke‹, dachte ich, lachte kurz in mich hinein und sah zu der Flasche hin. Meine Lider hingen tief. »Du hast dich völlig übernommen«, flüsterte ich, während ich ein Lid mit dem Zeigefinger nach oben schob. Das Mehr an Licht ließ mich schwindeln, und ich schloß die Augen. Der Betrunkene schleuderte mir seinen Mantel zu. Wild flog ich ihm nach.
»Hilfe!« stieß ich aus, riß die Augen auf und klammerte mich an den Sitz des Stuhls. Langsam senkte sich der Tresen auf den Boden zurück. Ich öffnete den Mund und atmete flach ein und aus.
Der Kellner kam in den Raum, ging zielstrebig auf die Flasche und die beiden Gläser zu, stellte sie hinter den Tresen und wandte sich zu mir um. »So«, sagte er und klatschte in die Hände, »wir schließen jetzt.«
Ich erhob mich, schwankte kurz hin und her und saß wieder auf dem Stuhl.
»Hoppla!« rief der Kellner aus.
Ich stützte mich auf den Tisch und richtete mich erneut auf. Dann trat ich seitlich zwischen den Möbeln hindurch, drehte mich um und stand neben dem Kellner. Vor mir verdoppelten sich die Türpfosten.
»Gehen wir«, sagte der Kellner und faßte mich am Ärmel.
Ich fiel auf die Knie, stützte mich mit den Armen

vornüber und schüttelte den Kopf. »Ich kann nicht«, sagte ich.

Der Kellner beugte sich zu mir hinunter, legte seine Hände um meinen Brustkorb, richtete mich wieder auf und lehnte mich an den Türpfosten. »Ich dachte, Sie werden nicht betrunken«, sagte er, und seine Zähne blitzten.

Ich kicherte auf und sah dem Kellner nach, der, während ich den Pfosten hinunterrutschte, hinter dem Tresen verschwand. Unter mir schwamm der Boden. »Hier«, sagte der Kellner, kniete sich vor mich hin und hielt mir ein Glas Wasser an den Mund.

Ich trank das Glas in einem Zug aus, und der Kellner stellte es mit langem Arm auf einen Tisch. Dann holte er aus und gab mir eine Ohrfeige. »Reißen Sie sich zusammen«, zischte er, griff unter meine Achseln, hievte mich hinauf, klemmte seinen Arm unter meinen und ging mit mir die Stufen hinab. Unten löste er seinen Griff.

Ich schwankte nur leicht. Dunkel stand ich im Abend. Hinter mir schloß der Kellner die Tür. Dann war er wieder neben mir, und wir machten uns auf den Weg.

Immer müheloser wurde mein Schritt, und obwohl der Kellner mich fest eingehakt hatte, war mir, als würde ich um ihn herum tanzen. Von allen Seiten sah ich sein Gesicht, und die Worte, die ich redete, redete ich mit solcher Hingabe, daß sie in der Luft hell aufleuchteten und mich wie Sterne begleiteten. ›Genau das ist Literatur‹, dachte ich, hörte die Stimme des Kellners und achtete für eine kurze Zeit wieder etwas genauer auf den Weg, aber schon merkte ich, daß ich wieder redete, und in der Ferne sah ich mich auf grünem Gras gebettet und der Kellner saß neben mir, und unsere Köpfe erhoben sich zum Himmel hinauf. Dann wurde das Licht elektrisch. Ich saß in einem Raum auf einer Bank, Bierflaschen standen vor mir auf dem Tisch, in der Hand hielt ich ein Wurstbrot, und da mir die Lider jetzt ganz schwer wurden, spürte ich wieder den Griff des Kellners unter meinem Arm, und dann war Nacht.

Guck mal!« stach am nächsten Morgen eine helle Stimme in mein Ohr.

»Wo bin ich!« rief ich, riß die Augen auf und blickte auf ein Feuerwehrauto, das eine kleine Hand vor mein Gesicht hielt. »Weg da!« stöhnte ich und griff mir mit der Hand an die Stirn.

Die Tür ging auf und eine Frau eilte mit schweren Schritten auf das Kind zu und hob es zu sich hinauf. »Nein!« schrie das Kind und brach in Heulen aus. »Nein!« schrie es noch mal, dann knallte die Tür hinter ihnen zu.

Ich atmete aus und stürzte in die Nacht zurück. Der Kellner erhob sich vom Tisch, beugte sich zum Kühlschrank hinunter, nahm zwei Bierflaschen hinaus, baute sich vor mir auf und wiegte sie im Tanz hin und her. ›Er hat getanzt‹, dachte ich und sah den Tisch vor mir. Als zöge jemand an einer unsichtbaren Leine, fiel eine Flasche um. Langsam schwemmte die Lache der Kante zu und türmte sich weit über sie hinauf. ›Du hast dich eingepinkelt!‹ schoß es mir durch den Kopf.

Plötzlich war ich hellwach, richtete mich auf und tastete mich, ohne mich mit den Augen vergewissern zu wollen, das Sofa ab. Meine Hände waren vom Rausch noch ganz taub.

›Nein‹, dachte ich, ›das warst du nicht. So betrunken bist du nicht gewesen. Außerdem‹, dachte ich und tastete noch einmal über die Stelle hinweg, ›ist da doch eigentlich gar nichts.‹ Ich ließ den Kopf in die offenen Hände sinken. ›Wir sind alle unglückliche Affen‹, hörte ich mich sagen, und als stünde er plötzlich neben mir, lachte der Kellner auf. Ich hob den Kopf wieder an und starrte auf die Tür. ›Alles falsch!‹ dachte ich, ›so etwas Dummes würdest du nie sagen. Du bist noch zu tief in deinen Träumen.‹ Ich schlug mir mit der Hand ein paarmal gegen die Wange. ›Du mußt wach werden‹, dachte ich und sah wieder den Kellner vor mir. In seiner Hand hielt er ein Taschentuch. ›Du hast geweint‹, dachte ich. Dann klopfte es an die Tür und ich fuhr zusammen. »Ja!« rief ich, klaubte mein Jackett vom Boden auf und warf es mir in den Schoß.

Der Kellner trat ein. »Ich habe gehört, du bist schon geweckt worden«, sagte er und lächelte mir zu. »Und«, fragte er, »die Nacht gut überstanden?«

Ich nickte und richtete meinen Blick zur Tür, durch die der Junge wieder in den Raum lief.

»Felix!« schallte die Stimme der Frau ihm hinterher, und auch der Kellner hob jetzt seine Stimme an. »Ist

schon gut«, sprach er laut zur Tür hin. »Ihr könnt reinkommen. Unser Gast ist jetzt wach.«
Ich schloß die Augen und stürzte in eine dunkle Tiefe.
»Es geht dir wohl nicht so gut«, sagte der Kellner.
»Doch, doch«, sagte ich und sah auf die Frau, die eintrat. An der Hand hielt sie ein Mädchen, das etwas größer als Felix war.
»Komm«, sagte der Kellner, und das Mädchen löste sich von der Hand der Mutter und schmiegte sich mit der Wange an sein Bein. Der Kellner rieb die Hände ineinander. »So«, sagte er, »jetzt sind wir alle beieinander. Das hier«, fuhr er fort und strich dem Mädchen über den Kopf, »ist die Alexandra, und der kleine Frechdachs da, der dich geweckt hat, das ist der Felix. Meine Frau wirst du ja noch von gestern kennen.«
›Gestern‹, dachte ich, sah die Frau an und nickte.
»Kinder«, fuhr der Kellner schon fort, »das ist unser Gast, der Stefan. Der Stefan ist Schriftsteller und schreibt die Bücher, die ihr später lesen könnt. Wollt ihr ihm nicht die Hand geben?«
Ich rieb mir mit dem Arm über die Stirn und starrte zum Kellner hinauf. ›Er muß dich ausgefragt haben‹, dachte ich und sah plötzlich, daß das Mädchen vor mir stand und mir seine Hand hinhielt.
Etwas zu fest griff ich in sie ein.
»Felix«, sagte der Kellner jetzt, aber der Junge erhob sich nur vom Boden, preßte sein Feuerwehrauto an die Brust und schüttelte wild den Kopf.

Ich senkte den Blick auf den Boden.
»Möchten Sie einen Kaffee?« fragte die Frau.
»Das ist eine gute Idee«, sagte der Kellner, ging auf seinen Sohn zu, hob ihn auf und alle verließen den Raum.
›Endlich‹, dachte ich und merkte, wie mein Kopf langsam auf die Brust hinabsank. Auch die Lider waren schon wieder fast geschlossen. ›Du mußt dich erinnern‹, dachte ich und sah mich im Abend stehen. ›Du bist mit dem Kellner vom Café gekommen, und schon auf dem Weg habt ihr geredet, und dann habt ihr in der Küche gesessen, und auch dort habt ihr geredet. Du mußt dich nur erinnern, worüber ihr geredet habt‹, dachte ich und sank erschöpft zur Seite nieder.
Da sich meine Augen erneut schlossen, wurde mir wieder schwindlig. Ich versuchte, den Schwindel wegzuatmen, dann stieg es in mir hoch. Unter Aufwendung allen Willens schnellte ich mit dem Oberkörper in die Höhe, stützte mich auf dem Sofa ab und stand auf den Beinen. Um mich herum überschlug sich der Raum.
Ich schwankte zur nächsten Wand hin, lehnte mich mit flachen Händen an sie und starrte auf die Tapete. Immer träger wanderte sie unter meinen Augen hindurch. Dann blieb sie stehen.
Dumpf drang das Weinen eines Kindes durch die Wände, und ich lauschte ihm nach.

›Beruhig dich‹, dachte ich müde. »Es ist doch alles nicht so schlimm«, hörte ich mich flüstern, und mir war, als würde ich auf mich selbst hinabsehen. »Du bist ganz allein«, hörte ich mich sagen, und eine schreckliche Traurigkeit schnürte mir den Hals zu. Schon konnte ich nicht mehr schlucken, kaum mehr atmen. ›Die Taube!‹ schoß es mir durch den Kopf, und als hätte ich gerade die Taschenlampe unter der Bettdecke gelöscht, brach für einen Moment völlige Dunkelheit über mich hinein. Nur mein Herz raste. ›Wasser‹, dachte ich, lugte in den Raum hinein und wandte mich um. Meine Mundhöhle war so trocken, daß sie schmerzte. Vorsichtig ging ich auf meine Schuhe zu, die halb unter dem Sofa lagen, bückte mich zu ihnen hinunter, und ein rasender Schmerz jagte durch meinen Kopf. ›Du mußt sie liegen lassen‹, dachte ich, schlich mit weichen Beinen auf die Tür zu, trat hinaus und schloß sie leise hinter mir.
Ich stand in einem Flur.
Von rechts klangen Stimmen in mein Ohr. Die Tür dort war ein wenig geöffnet, und aus dem Spalt drang das einzige Licht. ›Das muß die Küche sein‹, dachte ich und hörte, wie hinter der Tür etwas schwer zu Boden fiel. Wieder hob ein Kind zu weinen an, und ich wandte mich nach links. Immer schwächer wurde das Licht. Nach ein paar Metern konnte ich fast gar nichts mehr sehen. Mit den Fingerkuppen tastete ich die Wand entlang. Dann fühlte ich Holz. Unter der

Schwelle kam graues Licht hervor. ›Das muß das Badezimmer sein‹, dachte ich und ertastete die Klinke. Dann glaubte ich, hinter der Tür etwas gehört zu haben. Ich zog die Hand von der Klinke weg und hielt den Atem an. ›Da ist nichts‹, dachte ich, drehte den Kopf und näherte mich der Tür mit dem Ohr. ›Der Betrunkene!‹ blitzte es in mir auf, und ich zuckte zusammen. ›Nein‹, dachte ich, während ich sachte den Kopf schüttelte, ›er ist tot‹, und da ich merkte, wie sich mein Gesicht nun wieder etwas entspannte, streckte ich die Hand erneut zur Klinke hin und wollte sie gerade umschließen, als die Tür von innen geöffnet wurde.

»Hilfe!« entfuhr es mir, und ich taumelte nach hinten. Mit dem Hinterkopf stieß ich gegen die rückwärtige Wand. Dann blitzte Licht in den Flur, und der Kellner eilte mir in langen Sätzen entgegen. Schon fuhr sein Wind um mich herum, und im nächsten Moment stand er in der Tür und legte seinen Arm um die Schulter der uralten Frau.

»Alles gut«, sprach er zu ihr hinab, wendete sie, führte sie zu einem Sessel, der in der Mitte des Raums stand, half ihr, sich zu setzen, und kam auf mich zu.

»Alles klar?« fragte er.

Ich nickte.

»Sie sieht fast nichts mehr, dafür hört sie um so besser«, sagte der Kellner, indem er die Tür schloß. Dann wandte er sich zu mir um.

»Der Kaffee ist gleich fertig«, sagte er.

»Ich wollte nur ins Bad«, sagte ich und merkte, wie ich zum ersten Mal seit Ewigkeiten ein wenig stotterte.

Der Kellner wies an mir vorbei. »Das ist die nächste Tür auf der anderen Seite«, sagte er und war schon auf dem Weg zurück in die Küche.

Ich blieb noch eine Weile an die Wand gelehnt, dann trat ich ins Badezimmer, drehte den Wasserhahn auf und beugte mich hinunter. Schon nach den ersten großen Schlucken fühlte ich mich befreit. Trotzdem trank ich immer weiter. ›Herrlich‹, dachte ich, fing das Wasser in den Händen auf und warf es mir ins Gesicht. Immer wieder klatschte es um mich herum. Schon war mein Hemd ganz naß, und ich sah an mir hinunter. Mit den Strümpfen stand ich in einer Pfütze. Ich drehte den Wasserhahn zu, richtete mich auf und erblickte mich für einen Moment in einem Spiegel. Erschrocken wich ich zurück. »Du Unglücklicher«, hörte ich mich flüstern, öffnete die Augen wieder und sah in mein starres Gesicht. ›Das bist du nicht‹, dachte ich, und plötzlich war mir, als spräche meine Frau zu mir. ›Du mußt dich rächen‹, hörte ich sie sagen. ›Räch dich!‹ schrie sie in mein Ohr, und ich verließ das Bad.

Die Tür zur Küche stand offen.

Der Junge kniete am Boden und drehte an einem Kran. Von der Kaffeemaschine wandte der Kellner

seinen Kopf zu mir hin. »Wie siehst du denn aus?« fragte er, und auch der Junge richtete jetzt seinen Blick zu mir auf, griff nach hinten und klammerte sich an der Hose seines Vaters fest.
»Ich habe mich nur erfrischt«, sagte ich.
Der Kellner sah an mir herunter. Von meinem Kragen fiel ein Tropfen auf den Boden.
»Setz dich doch«, sagte der Kellner und wies zur Bank hin.
Ich nickte, trat über die Schwelle und zwängte mich am Tischbein vorbei auf die Sitzfläche.
Den Hals hochgereckt, starrte mich der Junge noch immer mit offenem Mund an, und da der Kellner ihm jetzt über das Haar strich, senkte sich der Kopf und verschwand langsam unter der Tischplatte. Ich beugte mich vor. Der Junge spielte wieder über seinem Kran.
»Nimmst du Milch?« fragte mich der Kellner.
»Ja«, sagte ich, indem ich mich wieder aufrichtete, und der Kellner wandte sich erneut zur Kaffeemaschine um.
Mit seinem Kran fuhr der Junge auf einen der Flecke an der Tür zu, die meine nassen Füße auf dem Boden hinterlassen hatten, und legte seine kleine Hand hinein. »Nicht doch«, sagte der Kellner und zog die Kanne aus der Maschine heraus. Dann ging die andere Tür zur Küche auf. Der Kellner stellte die Kanne auf den Tisch und drehte sich zu seiner Frau um, die

mit dem Mädchen an der Hand eintrat. »Der Kaffee ist gerade fertig«, sagte er, »du mußt nur noch die Milch aus dem Kühlschrank holen.«
Die Frau nickte, ohne ihre Augen von mir weg zu bewegen.
Ich senkte meinen Blick auf die Tischplatte. ›Sie kennt deine Idee‹, dachte ich. ›Deshalb starrt sie dich so an. Achtung!‹ Und mit einem Mal wurde mir wieder schwindlig. Der Tisch wogte vor mir auf und ab und mir war, als tobte ein rasender Verkehr von allen Seiten an mir vorbei. Ich hüpfte in die Höhe und schnappte nach Luft.
Der Kellner zog einen Stuhl zurück. »Weißt du, was unserem Gast passiert ist«, sprach er zu seiner Frau hin. »Er wollte ins Bad, hat aber die falsche Tür genommen und stand plötzlich vor deiner Oma.«
»Und«, fragte die Frau, den Blick noch immer auf mich gerichtet, »alles in Ordnung?«
»Ja, ja«, sagte der Kellner und setzte sich mir gegenüber. »Sie ist nämlich gar nicht ihre Mutter, sondern ihre Oma. Daran siehst du, wie alt sie ist.«
Ich wischte mir mit den Händen über meine Brust. »Wohnt sie hier«, fragte ich.
Der Kellner nickte. »Wir pflegen sie sozusagen«, fuhr er fort, »kochen tut sie sogar noch, obwohl sie so schlecht sieht, für sich allein. Meistens bleibt sie in ihrem Zimmer. Nur am Sonntag nimmt sie immer den ganzen Vormittag die Küche in Beschlag. Dann macht

sie uns einen Schweinebraten. Das ist lieb von ihr gemeint, aber keiner von uns mag ihn. Wir essen beide nicht so gern schwer, und die Kinder mögen sowieso lieber Spaghetti. Das versteht sie natürlich nicht.«
Ich beugte mich vor. »Aber heute ist doch nicht Sonntag«, flüsterte ich.
»Brauchen wir nicht auch noch Teller«, unterbrach uns die Frau.
»Ach natürlich«, sagte der Kellner und klatschte sich an die Stirn.
»Ich habe keinen Hunger«, sagte ich.
»Ein bißchen Frühstück ist gut«, sagte der Kellner. »Außerdem bist du hier bei Leuten, die beide aus der Gastronomie kommen. Wir kennen uns von der Berufsschule her. Wo hast du eigentlich deine Frau kennengelernt?«
»Im Kino«, log ich.
Der Kellner warf den Kopf in den Nacken. »Hast du gehört«, rief er nach hinten, »der Klassiker!«
Die Frau nickte.
Der Kellner rieb sich die Hände. »Ich habe richtig Hunger«, sagte er, stützte sich mit den Armen auf dem Tisch auf und kam mir mit dem Gesicht ganz nahe. »Du warst ganz schön angeschlagen, gestern abend«, flüsterte er. »Ich habe schon gedacht, ich kriege dich gar nicht nach Hause.«
»Aber wir haben uns doch noch unterhalten«, flüsterte ich zurück.

»Natürlich«, flüsterte der Kellner. »Hier warst du wieder ganz fit. Das war ja das Komische.« Der Kellner warf die Hand über die Schulter. »So ist das halt manchmal«, sagte er und richtete sich wieder auf.
»Was denn?« fragte die Frau, die mit den Tellern an den Tisch herangetreten war.
Der Kellner blinkte mir zu. »Nichts«, sagte er, richtete seinen Oberkörper wieder auf, nahm die Teller aus der Hand der Frau und verteilte sie vor die Plätze. Dann schenkte er uns einen Kaffee ein und sah über den Tisch hinweg. »Die Milch«, sagte er.
»Ja, ja«, sagte die Frau und stellte sie vor mich auf den Tisch.
Ich griff nach dem kleinen Kännchen, dann ließ ich es wieder los. ›Du mußt auf der Hut sein‹, dachte ich.
»Bedien dich«, sagte der Kellner und wies auf den Brotkorb.
Ich schüttelte den Kopf.
Auch die Frau nahm jetzt Platz. »Warum wollen Sie eigentlich ausgerechnet über unser Städtchen ein Buch schreiben?« fragte sie.
Ich biß die Zähne aufeinander. ›Sie hat sich verraten‹, dachte ich.
»Ich frage mich nur«, wandte sie sich an ihren Mann, »was an unserem Städtchen so spannend ist.«
Der Kellner ließ sein Messer, mit dem er sich etwas Butter abgestrichen hatte, auf den Teller sinken. »Das wird er schon noch herausfinden«, sprach er zu ihr.

»Außerdem will er ja nicht über die Leute, die hier wohnen, schreiben, sondern er will unser Städtchen nur als Kulisse benutzen, und seine Idee, muß ich sagen, hat was.«
»Ich weiß nicht«, sagte die Frau.
Ich beugte mich vor.
»Welche Idee?« fragte ich.
»Daß wir alle Affen sind«, sagte der Kellner und lächelte mir zu. »Unglückliche Affen«, ergänzte er. »Weißt du das etwa nicht mehr?«
»Doch, natürlich«, sagte ich und lehnte mich an die Bank. ›Nein‹, dachte ich, indem ich den Kellner betrachtete, der jetzt sein Brot bestrich, ›das hast du bestimmt nicht erzählt. Das Jackett!‹ schoß es mir in den Kopf, und ich griff mir an meine Brust.
Der Kellner nahm einen Bissen von seinem Brot und wandte sich mir wieder zu.
»Wer sich übrigens sehr gut hier auskennt«, sagte er, schluckte und wies mit der Messerspitze auf seine Frau, »ist ihr ehemaliger Geschichtslehrer. Er ist jetzt in Pension und über jede Abwechslung froh. Ich kenne ihn, weil er häufiger mal auf einen Kaffee kommt. Niemand weiß so gut über die Stadt und ihre Geschichte Bescheid wie er. Ich wollte dir schon gestern nacht seine Nummer geben, aber da waren wir schon zu betrunken. Deshalb habe ich ihn erst vorhin angerufen. Ich habe ihn auch gebeten, zur Polizei zu gehen, um zu erfahren, wo dein Verwandter

jetzt ist. Selbst er wußte nicht, wo sie die Toten hier lagern, aber er müßte jeden Moment hier sein.«
Ich sah auf meinen Teller hinab. ›Das ist bestimmt nur ein Trick‹, dachte ich und mußte plötzlich lächeln. ›Na warte!‹ dachte ich und sah zu dem Kellner auf.
»Willst du wirklich nichts essen?« fragte er mich.
»Nein«, sagte ich. Dann klingelte es.
Die Frau erhob sich und verließ den Raum. Der Kellner sah ihr zur Tür hin nach. »Das wird er sein«, sagte er.
Ich fuhr mir mit den Händen übers Gesicht. ›Du mußt jetzt sehr klug sein‹, dachte ich und drehte den Kopf zur Tür hin, die in den Flur führte.
»Darf ich mal aufstehen?« fragte ich.
Der Kellner lachte auf. »Du bist doch nicht angekettet«, sagte er, und noch während ich mich erhob, steckte die Frau wieder ihren Kopf in die Küche. »Kannst du mal kommen«, sagte sie, und ich sank auf die Bank zurück. Statt dessen erhob sich der Kellner. Aus den Augenwinkeln heraus sah ich ihm nach. Dann schloß sich die Tür hinter ihm. Ich starrte auf den gedeckten Tisch. ›Du mußt dich endlich erinnern‹, dachte ich und sah plötzlich wieder eine Bierflasche vor mir stehen. ›Du hättest nicht so viel trinken dürfen‹, dachte ich und riß mir an den Haaren. ›Wenn du nicht so viel getrunken hättest, dann würdest du jetzt auch nicht hier sitzen.‹

Ich ließ die Hand wieder aus den Haaren sinken. ›Dabei ist es gar nicht deine Schuld, daß du hier sitzt‹, dachte ich, ›du wolltest doch überhaupt nicht hier übernachten. Das war allein seine Idee. Ja!‹ dachte ich und schlug mir an die Stirn, ›das hätte dir doch merkwürdig vorkommen müssen. Du bist doch kein Dummkopf. Natürlich‹, dachte ich, ›er hat dich hierher gelockt. Die ganze Nacht hat er dir deine Gedanken geraubt, und du hast ihm sogar noch Geld dafür gegeben. Kein Wunder, daß er getanzt hat. Er hat sich an deinem Unglück geweidet. Wahrscheinlich hat er niemals eine größere Freude erlebt. Ja‹, dachte ich, ›das muß ein richtiges Fest für ihn gewesen sein. Mit jeder deiner Tränen ist er noch mehr aus sich heraus gegangen, und auch die Frau wird ganz beschwingt in einer Ecke gestanden haben.‹
Ich sah zur Tür hin, hinter der ich es tuscheln hörte. ›Freut euch nur‹, dachte ich, ›meinetwegen könnt ihr euch so viele Gäste einladen, wie ihr wollt. An mir wird sich niemand mehr ergötzen. Keine Träne werde ich jemals wieder weinen und kein Wort mehr sprechen. Selbst wenn ihr mich hier an die Bank festnagelt und mich mit kochendem Wasser übergießt, so werde ich euch nur anlachen, und auch das wird nur ein Teil meiner Rache sein.‹ Ich schreckte auf. »Du Unglücklicher«, seufzte ich. ›Du mußt fliehen‹, dachte ich, indem ich mich schon erhob und gebückt in den Flur schlich.

In meinem Zimmer waren die Kinder.
Das Mädchen hüpfte auf dem Sofa und der Junge spielte mit seinem Kran ganz dicht an meinem Jakkett. »Geh da weg«, zischte ich, und der Junge erhob sich und rannte zur Wand. Ich hob das Jackett vom Boden auf, zog es mir über und trat an das Sofa heran. »Runter«, sagte ich und sah meiner Hand nach, die schon ausholte. Das Mädchen zog den Kopf ein, sprang vom Sofa und rannte zur Tür hinaus. Von der Wand sah mich mit erstauntem Gesicht und Tränen in den Augen der Junge an. Dann rannte auch er zur Tür hinaus.
Ich zog die Schuhe unter dem Sofa hervor und setzte mich. Die Schnürsenkel waren geschlossen. Beim Aufziehen kämpfte ich plötzlich mit einem Knoten und spürte, wie sich auf meiner Stirn Schweiß bildete. »Ruhe bewahren«, zischte ich, ließ den Schuh wieder sinken, und obwohl mir, als ich mich jetzt über ihn beugte, war, als würde der Kopfschmerz mir den Schädel zertrümmern, öffnete ich den Knoten.
Dann trat ich, nachdem ich mir die Schuhe übergestreift hatte, in den Flur und drehte mich einmal um die eigene Achse. ›Du mußt durch die Küche‹, dachte ich, ›das ist der einzige Weg.‹
Neben dem Küchentisch blieb ich stehen, stellte mich auf die Zehenspitzen und horchte. ›Sie sind hinter der Tür‹, dachte ich, ›du bist in der Falle‹, und während ich so dastand, merkte ich, daß ich erbärmlich

fror. »Es ist vorbei«, hauchte ich und sah an mir hinunter. Dann riß ich den Kopf herum. ›Das Fenster!‹ blitzte es in mir auf, und ein Jubel brach in mich hinein. ›Du Gauner!‹ wollte ich rufen und war schon auf dem Weg.

Auf der Fensterbank standen nur einige Blumentöpfe. Gerade nahm ich den ersten in die Hände, als die Tür aufging. Ich riß den Topf vor meine Brust und sah auf den kleinen, älteren Mann, der sich jetzt zu mir umwendete.

»Da ist ja unser Schriftsteller«, sagte er, blieb stehen und drehte seinen Kopf zu dem Kellner hin, der hinter ihm war. »Er untersucht wohl die Blumen«, fuhr er fort, »immer schön neugierig, aber so sind die Leute von der schreibenden Zunft.« Dann trat er auf mich zu und hielt mir seine Hand hin. »Ich heiße Burgmüller«, stellte er sich vor. »Ich bin der ehemalige Geschichtslehrer seiner Frau.«

Ich drückte den Topf noch fester vor die Brust.

Der Kellner trat vor mich hin, nahm mir den Topf aus den Händen und stellte ihn auf die Fensterbank zurück. »Setzen wir uns«, sagte er.

»Das ist eine vernünftige Idee«, sagte der Geschichtslehrer, und obwohl ich, den Blick starr in die Leere, so langsam ging, wie ich nur konnte, blieb der Kellner an meiner Seite.

»Ihr Platz ist auf der Bank«, sagte er, nachdem wir den Tisch erreicht hatten, »da ist für Sie gedeckt.«

›Nein‹, dachte ich und legte die Hand um die Lehne eines Stuhls, ›nicht wieder auf die Bank.‹
Der Kellner zupfte mich am Ärmel. »Haben Sie nicht gehört«, fragte er.
»Laß nur«, sagte der Geschichtslehrer und zwängte sich schon am Tischbein vorbei, »ich kann mich auch auf die Bank setzen.«
Ich zog den Stuhl zurück und ließ mich nieder. Neben mir am Kopfende nahm der Kellner Platz.
»So viel Phantasie wie Sie möchte ich auch mal haben«, sagte er und hob die Stimme an.
»Tot«, sagte er und lachte auf. »Überfahren«, fügte er hinzu.
Der Geschichtslehrer sah zu ihm hinauf und schüttelte kurz den Kopf.
Mit langem Arm griff der Kellner über den Tisch und holte von seinem alten Platz die Kaffeetasse zu sich hinüber. Ohne mich eines Blickes zu würdigen, durchquerte die Frau die Küche. Ihr folgten, die Augen starr auf mich gerichtet, in einem weiten Bogen um den Tisch herum die beiden Kinder.
»Ich habe gehört, Sie schreiben Literatur«, wandte sich der Geschichtslehrer an mich.
Ich sah auf meine Hände. ›Du sagst nichts‹, dachte ich.
»Das hat er zumindest gestern behauptet«, sagte der Kellner, »aber ob es auch stimmt, weiß man bei ihm nicht.«

»Natürlich stimmt es«, sagte der Geschichtslehrer und lächelte mir freundlich zu.
»Genug Phantasie hat er jedenfalls«, sagte der Kellner.
Der Geschichtslehrer beugte sich zu mir vor. »Literatur«, sprach er langsam, »dann mögen Sie sicherlich unsere Klassiker.«
Der Kellner stellte seine Tasse auf die Untertasse zurück. »Das kann ja heiter werden«, sagte er, »jetzt haben wir hier gleich zwei Männer vom Fach.«
Der Geschichtslehrer legte seine Hand an den Oberarm des Kellners.
»Er übertreibt«, wandte er sich wieder an mich. »Von Literatur verstehe ich nicht besonders viel. Mein Steckenpferd ist die Geschichte. Vor allen Dingen die Stadtgeschichte. Darüber habe ich auch schon einige Artikel verfaßt. Nichts Bedeutendes natürlich, aber doch immerhin so viel, daß ich zumindest ahne, welche Mühe das Schreiben kosten kann. Gleich ein ganzes Buch, das würde ich mir gar nicht zutrauen, das stelle ich mir sehr schwer vor.« Der Geschichtslehrer hob den Kopf und sah für einen Moment an die Decke. »Wahrscheinlich«, fuhr er fort, »würde mir auch die Geduld fehlen. Außerdem bin ich jetzt schon alt, da verlangt man nicht mehr so viel von sich.« Der Geschichtslehrer beugte sich zu mir vor. »Wann haben Sie denn mit dem Schreiben begonnen?« fragte er. »Bestimmt früh, wie ich annehme.«

Ich wich seinem Blick aus. ›Ein Hinterhalt‹, dachte ich und schwieg.
»Na ja«, fuhr der Geschichtslehrer fort und lehnte sich in die Bank zurück. »Sie sind noch jung. Wahrscheinlich sind Sie noch gar nicht so lange mit dem Studium fertig.«
»Er hat nicht studiert«, fiel der Kellner ein, und der Geschichtslehrer drehte seinen Kopf zu ihm hin. »Was du alles weißt«, sagte er.
Der Kellner zuckte mit den Achseln. »Ich kann nur wiederholen, was er mir erzählt hat«, sagte er, »ob es aber auch der Wahrheit entspricht, das kann ich natürlich nicht sagen.«
Der Geschichtslehrer atmete tief durch die Nase ein und nickte gründlich, bevor er sich dann wieder an mich wandte. »Wissen Sie«, sagte er. »Sie denken jetzt vielleicht, daß wir Ihnen etwas Böses wollen. Dem ist aber nicht so. Wir wollen nur etwas über Sie erfahren. Es ist nicht häufig, daß sich ein Schriftsteller zu uns verirrt. Vielleicht haben Sie ja sogar Lust, uns eine kleine Kostprobe Ihrer Kunst zu geben. Mich persönlich würde das sehr interess…«
»Komm mal!« schallte vom Flur aus die Stimme der Frau in die Küche, und der Kellner rückte vom Tisch ab und erhob sich. Schon war die Frau wieder zu hören. »Was holst du nur für Leute ins Haus«, regte sie sich auf, und der Geschichtslehrer neigte sich zur Seite, um besser verstehen zu können. »Er hat das

ganze Badezimmer unter Wasser gesetzt, aber das ist nicht das Schlimmste. Guck dir mal das Sofa an.«

Ich kniff die Augen zu. ›Nein‹, dachte ich und sah meine Hand über das Sofa tasten. ›Da ist nichts. Sie können dir nichts anhaben. Du bist zu stark für sie. Jede Qual wirst du ertragen. Ja‹, dachte ich, ›du bist erhaben und irgendwann, wenn sie dich längst vergessen haben, wenn sie gar nicht mehr wissen, daß es dich gibt, kehrst du mit riesigem Fuß in dieses Städtchen zurück und trittst alles nieder, und kein Mensch auf der Welt wird nach diesem Tag mehr ohne Angst zu dir aufsehen.‹

Ich drehte den Kopf zur Tür.

Mit langem Schritt kam der Kellner aus dem Flur. »Meine Frau«, verkündete er und blieb vor dem Tisch stehen, »möchte, daß Sie jetzt gehen.«

»Was ist denn passiert?« fragte der Geschichtslehrer.

»Wie soll ich das sagen«, sagte der Kellner und warf die Arme in die Luft. »Ich kann nur sagen, daß ich meine Frau verstehe. Ich habe ja schon viele betrunkene Menschen gesehen, aber so weit, denke ich, muß man sich immer im Griff haben. Es ist einfach so, daß wir das ganze Sofa reinigen lassen müssen.«

»Ist ihm vielleicht schlecht geworden?« fragte der Geschichtslehrer.

»Das nicht«, sagte der Kellner, »aber viel besser ist es auch nicht.«

Der Geschichtslehrer schnalzte mit den Lippen.

»Wollen Sie sich vielleicht erklären oder entschuldigen?« fragte er mich.
»Ich bin das nicht gewesen«, sagte ich.
»Wer denn sonst?« brauste der Kellner auf.
»Die Kinder!« rief ich.
»Das müssen wir doch jetzt gar nicht länger untersuchen«, sagte der Geschichtslehrer und sah zu dem Kellner hinauf. »Abgesehen davon, daß das jedem mal passieren kann, kann er es doch bestimmt wiedergutmachen, wenn er sich bereit erklärt, uns etwas von sich vorzulesen.«
Ich sank an die Lehne des Stuhls zurück. ›O Gott‹, dachte ich. ›Du Unschuldiger!‹ schoß es mir jetzt durch den Kopf, und ich griff an die Brusttasche meines Jacketts. ›Du mußt das vernichten‹, dachte ich.
Der Geschichtslehrer sah noch immer zum Kellner hinauf. »Einverstanden?« fragte er.
Der Kellner zögerte, dann nickte er.
»So«, sagte der Geschichtslehrer und beugte sich zu mir vor, »jetzt sind Sie dran.«
Ich griff mir in die Innentasche. ›Du wirst sie zerreißen‹, dachte ich und befühlte die Seiten. ›Du wirst sie vor ihren Augen zerreißen. Ja‹, dachte ich, ›das wird ein großer Moment. Nach jedem Schnipsel werden sie kriechen müssen.‹ Ich lachte kurz auf. ›Du mußt dich erheben‹, dachte ich, und indem ich mich jetzt aufrichtete, zog ich in einem weiten Bogen die Seiten aus der Tasche hervor.

»Was ist denn hier los?« fragte die Frau, die gerade eintrat.
»Er liest uns jetzt etwas vor«, sagte der Kellner.
Die Frau trat auf ihn zu. »Das wird er nicht tun«, zischte sie.
Der Kellner sah zum Geschichtslehrer hin. »Er hat es uns aber versprochen«, sagte er.
Die Frau schüttelte den Kopf. »Ich will das nicht hören!« rief sie.
»Du mußt ja nicht zuhören«, schimpfte der Kellner.
Die Frau warf ihren Arm in meine Richtung und zeigte mit dem Finger auf mich. »Ich will«, schrie sie, »daß dieser Mensch aus meinem Haus verschwindet!«
Von seinem Platz erhob sich der Geschichtslehrer. »Das ist doch alles albern«, sagte er, »so oft hat man keinen Schriftsteller zu Gast.«
»Ich regle das schon«, sagte der Kellner, hakte seine Frau unter, zog sie in den Flur und knallte die Tür zu. Dann war es plötzlich ganz still im Raum.
Ich sank auf meinen Stuhl zurück und starrte auf die Seiten in meiner Hand. ›Wir wohnen in einem Käfig‹, dachte ich und faltete sie auseinander. Wild tobten die Buchstaben auf dem Papier. Dann sprangen sie mir plötzlich entgegen. »Wir wohnen in einem Käfig«, las ich und riß den Kopf hoch.
Der Geschichtslehrer beugte sich zu mir hin. »Sie dürfen das nicht zu persönlich nehmen«, sagte er und

zwängte sich am Tischbein vorbei von der Bank. »Die Elke war schon immer so. Verstehen Sie mich bitte nicht falsch«, fuhr er fort, indem er zur Tür ging, kurz horchte und sich zu mir umwandte. »Ich spreche jetzt als ihr ehemaliger Geschichtslehrer. Heute sind wir sogar befreundet, aber sie ist und bleibt ein stures Ding. Wenn sie sich einmal etwas in den Kopf gesetzt hat, ist es nicht mehr aus ihr rauszubekommen.« Der Geschichtslehrer verstummte.
Ich senkte den Blick wieder auf die Seite. »Wir wohnen in einem Käfig«, las ich wieder. »Meine Frau betrachtet ihre Hände, unser Kind tobt hin und her und ich blicke nach draußen und träume die Freiheit.«
»Wissen Sie«, fuhr der Geschichtslehrer fort und begann im Raum auf und ab zu gehen. »Es ist manchmal gar nicht so einfach mit den Kindern gewesen, und obwohl mir die Arbeit wirkliche Freude bereitet hat, bin ich heute trotzdem froh, daß ich in Pension bin. Das Alter hat nicht nur Nachteile. Natürlich ist das für einen Menschen wie Sie, der noch fast das ganze Leben vor sich hat, nicht zu begreifen, aber vielleicht werden Sie sich, wenn Sie dann in vielen Jahren so grau wie ich sind, an meine Worte erinnern.« Der Geschichtslehrer blieb vor mir stehen. »Als junger Mensch hat doch alles eine übergroße Wichtigkeit«, sagte er und begann wieder im Raum auf und ab zu gehen. »Natürlich«, fuhr er fort, »frage ich mich auch, warum Sie behauptet haben, daß Ihr

Verwandter überfahren worden ist, aber wenn Sie es mir nicht freiwillig sagen wollen, dann bin ich auch nicht neugierig.« Der Geschichtslehrer trat zum Fenster und sah hinaus. Dann wandte er sich zu mir um. »Wir alle kennen Ihren Verwandten«, sagte er. »Jeder hier im Ort weiß, wie schwer es mit ihm ist. Er ist oft in traurigen Zuständen.« Der Geschichtslehrer kam auf mich zu. »Glauben Sie mir«, fuhr er fort. »Ich bin der letzte, der es Ihnen übelnimmt, daß Sie bei seinem Anblick enttäuscht waren. Wie will ein junger Mensch auch ein solches Unglück begreifen. Wahrscheinlich hätte ich in Ihrem Alter ganz ähnlich reagiert, und obwohl ich schon immer ein Mensch des Maßes war, hätte ich mich an einem solchen Tag auch fürchterlich betrunken.« Der Geschichtslehrer legte mir die Hand auf die Schulter. »Ich glaube, was Sie jetzt brauchen«, sagte er und nahm die Hand wieder weg, »ist Trost. Fahren Sie zurück zu Ihrer Familie und denken Sie über alles nach.«
Ich senkte den Blick wieder auf das Papier und schüttelte den Kopf. »Ich kann nicht wieder nach …«
»Warten Sie«, unterbrach mich der Geschichtslehrer und hakte mich schon unter. »Ich will Ihnen etwas zeigen.« Dann führte er mich zum Fenster. »Ist das nicht schön«, sagte er, und ich folgte seinem Blick zu den Bergen hinauf.
»Ich weiß nicht«, sagte ich.
Der Geschichtslehrer drehte seinen Kopf zu mir hin

und sah mich erstaunt an. »Das wissen Sie nicht«, sagte er. »In Anbetracht dieses Blickes«, fuhr er fort und hob die Augen wieder zu den Bergen hinauf, »wissen Sie das nicht. Dieser Blick ist eine Wonne.« Der Geschichtslehrer schüttelte den Kopf. »Sie müssen noch viel lernen«, sagte er, »wenn Sie ein guter Schriftsteller werden wollen. So einen Blick muß man genießen können. Ich habe leider keine solche Aussicht, aber wenn ich sie hätte, ich würde den ganzen Tag aus dem Fenster sehen.« Der Geschichtslehrer hakte mich noch fester unter und hob die andere Hand über seinen Kopf. »Herrlich«, fuhr er fort und stellte sich auf die Zehenspitzen. »Sehen Sie nur!« rief er. »Das ist wahre Pracht. So etwas bringt keine Kunst zustande.«
Ich schüttelte mich von seinem Arm los und trat schnell, ohne den Blick aus dem Fenster zu lassen, einen Schritt nach hinten. ›Du kennst den Berg‹, dachte ich, ›die Postkarten!‹ blitzte es in mir auf, und ich griff mir an die Außentaschen meines Jacketts. Die Taschen waren leer. ›Du Unglücklicher‹, dachte ich, indem ich schon auf die Knie sank. ›Du hast sie verloren. Alles hast du verloren‹, dachte ich und starrte auf die Seiten in meiner Hand.
Der Geschichtslehrer beugte sich schon über mich. »O Gott«, sagte er, »ich habe Sie schockiert. Das mit der Kunst war ein schlechter Vergleich. Es tut mir leid. Das hätte ich nicht sagen dürfen.« Der Ge-

schichtslehrer streckte mir seine Hand entgegen. Ich verschanzte meine Arme hinter meinem Rücken. »Kommen Sie«, sagte der Geschichtslehrer. »Ich gebe ja alles zu. Es ist ein alter Fehler von mir, daß ich zu schnell ins Schwärmen gerate. Schon meine Frau hat das immer beanstandet, und seit sie nicht mehr ist, unterhalte ich mich viel zuviel mit mir selbst. Da gehen die Gedanken oft zu weit, und wenn ich dann die Freude habe, zu jemandem zu sprechen, in diesem Fall sogar zu einem Schriftsteller, verliere ich schnell die Zügel.«

Ich sah zu dem Geschichtslehrer auf. »Was wollen Sie eigentlich von mir?« fragte ich, indem ich mich wieder erhob.

»Ich versuche mir nur zu erklären«, sagte er und breitete die Arme aus, »was in Ihnen vor sich geht. Ich verstehe Sie sogar.« Der Geschichtslehrer begann wieder auf und ab zu gehen. »Das mit Ihrem Verwandten hat Sie schwer getroffen. Für einen Moment haben Sie in Ihrem jungen Leben den Mut verloren, und vielleicht denken Sie jetzt sogar, Sie könnte das gleiche Schicksal ereilen. Das ist alles nur zu deutlich.« Der Geschichtslehrer blieb kurz stehen. »Unterbrechen Sie ruhig, wenn Sie glauben, daß ich etwas Falsches sage. Widerspruch gehört zu jeder Rede dazu. Trotzdem«, fuhr er fort und begann wieder, da ich schwieg, seinen Lauf, »dürfen Sie nicht vergessen, daß auch Ihr Verwandter, so schrecklich es auch um ihn steht, noch immer ein Mensch ist. Wer von uns vermag schon zu sagen, ob er nicht auch seine Freuden hat. Vielleicht sind sogar Sie es, der sich zu wichtig nimmt.« Der Geschichtslehrer streifte im Vorbeigehen mit der Hand meinen Arm. »Empfinden Sie das bitte nicht als Vorwurf«, sagte er, indem er wieder zum Fenster trat, »aber vielleicht gefällt es Ihnen sogar, darüber nachzudenken. Die Welt verliert ihren Reichtum nicht, nur weil in uns für einen oder auch mehrere Tage mal etwas zusammenstürzt.« Der Geschichtslehrer wies mit der Hand zum Berg. »Sehen Sie doch nur dort hinauf«, fuhr er fort, »dagegen sind wir alle winzig, und vielleicht hebt gerade in diesem Moment, nicht weit von uns, Ihr Verwandter ebenfalls seinen Blick und empfindet das gleiche Glück, von dem ich hoffte, es mit Ihnen teilen zu dürfen.« Der Geschichtslehrer winkte mich heran. »Kommen Sie«, sagte er.

Ich sah wieder auf die Seiten und schüttelte den Kopf. »Nein«, sagte ich, »ich kenne den Berg. Ich will ihn nicht sehen. Er erstirbt mir vor den Augen.«

»Was reden Sie denn da?« fragte der Geschichtslehrer.

»Was ich rede?« fragte ich zurück. »Die Wahrheit!« rief ich und trat vor eine Wand. »Sehen Sie mich an«, fuhr ich fort, »das ist meine Aussicht. Hier werde ich jetzt für immer stehenbleiben. Niemand kann mich hier weg bewegen, und ist es nicht diese Wand, dann ist es eine andere, denn ich bin der Unglückliche. Kein Herz wird jemals wieder für mich schlagen, kein Atemzug in meiner Nähe sein, und trotzdem«, fuhr ich fort, indem ich in meinem Jackett nach meinem Etui langte, »werde ich die Wand bewundern, und am Abend werde ich Lieder für sie singen, und erst, wenn ich tot bin, wird meine Haut unter meinen kalten Tränen erzittern, und der Stift wird in meiner harten Hand zerbrechen.« Ich erhob die Seiten zu meinem Kopf und hielt sie mir vor die Stirn. »Retten Sie mich!« rief ich und wandte mich mit einem Ruck zu dem Geschichtslehrer um.

Die Tür ging auf und der Kellner trat in den Raum. »Sie müssen jetzt gehen«, sagte er, sah zu dem Geschichtslehrer hin und streckte entschuldigend die Hände vor.

»Ist schon gut«, sagte der Geschichtslehrer und trat auf mich zu. Ich faltete die Seiten zusammen und steckte sie mit dem Etui in mein Jackett zurück.

Aus dem Flur kam mit wildem Schritt die Frau. »Er soll sie trotzdem bezahlen!« rief sie.

»Was denn?« fragte der Geschichtslehrer.

»Die Reinigung!« rief die Frau.

Der Kellner drehte seinen Kopf zu ihr hin. »Ich habe dir jetzt schon dreimal gesagt«, zischte er, »daß er mir gestern schon genug Geld gegeben hat.«

»Trotzdem!« rief die Frau und stampfte mit dem Fuß auf.

Ich zog mein Portemonnaie aus der Tasche, trat zum Küchentisch vor und legte einen Hundertmarkschein auf eine Untertasse.
Der Kellner nahm den Schein und hielt ihn mir vor die Brust. »Ich will Ihr Geld nicht«, sagte er.
»Wenn du es nicht willst«, sagte die Frau und riß den Schein aus seiner Hand, »dann nehme ich es eben.«
Der Geschichtslehrer schüttelte den Kopf. »Ich finde es sehr häßlich, was hier gerade passiert«, sagte er.
Ich sah auf meine Schuhe hinunter. »Ich möchte jetzt gehen«, sagte ich.
Die Frau lachte auf. »Das ist das erste Vernünftige, was ich von ihm höre«, sagte sie.
Der Geschichtslehrer legte mir die Hand auf den Rücken. »Ich begleite Sie noch zum Bahnhof«, sagte er.
Der Kellner trat vor, und wir folgten ihm.
Bevor ich hinaustrat, wandte ich mich in der geöffneten Haustür noch einmal zu ihm um. »Ich möchte Sie um eine Antwort bitten«, sagte ich. »Warum haben Sie getanzt, letzte Nacht?«
»Weil Sie mich darum gebeten haben«, sagte der Kellner. »Ich sollte Ihnen vormachen, wie Ihr Verwandter immer tanzt.«
»Und warum habe ich geweint?« fragte ich.
»Das ist doch nicht wichtig«, sagte der Kellner.
»Ich möchte es aber wissen«, sagte ich.

»Sie haben mich plötzlich wie ein Wahnsinniger angestarrt«, sagte der Kellner. ›Wenn ich einmal in meinem Leben so schön tanzen könnte‹, haben Sie gesagt, aber da waren Sie schon sehr betrunken, ›bringe ich mich am nächsten Tag um.‹ Dann sind Sie in Tränen ausgebrochen.«

Ich nickte, drehte mich um und verließ das Haus.

Schwere Wolken standen über den Bergen, und nur an einer Stelle riß die Sonne ein Loch. Ich sog das Licht mit den Augen auf und kniff sie zu. Die Helle blieb in meinem Kopf.

»Wenn Sie den nächsten Zug noch erreichen wollen«, hörte ich die Stimme des Geschichtslehrers, »dann müssen wir uns jetzt sehr beeilen. Wir haben nur noch drei Minuten.«

Ich öffnete die Augen wieder.

Der Geschichtslehrer tippte sich auf die Uhr an seinem Handgelenk.

»Sind wir denn so dicht am Bahnhof?« fragte ich.

»Er ist gleich um die Ecke«, sagte der Geschichtslehrer, »aber Sie würden mir natürlich eine große Freude machen, wenn Sie mir erlauben würden, Ihnen unser Städtchen noch ein wenig zu zeigen. Wissen Sie, es gibt hier mehr zu sehen, als es auf den ersten Blick …«

Ich winkte mit der Hand ab. »Nein«, unterbrach ich ihn, »ich möchte nach Hause.«

»Ich verstehe«, sagte der Geschichtslehrer. »Haben

Sie denn«, fragte er, indem wir schon eilig den Bürgersteig hinaufliefen, »überhaupt ein Ticket?«
Ich schüttelte den Kopf. »Ich löse im Zug«, sagte ich.
»Das dürfte kein Problem sein«, sagte schon etwas atemlos der Geschichtslehrer. »Sehen Sie, da vorn ist bereits der Bahnhof.«
Ich blieb stehen und hob den Blick über den Bahnhof hinweg zum Berg hinauf. »Es tötet mich«, sagte ich.
»Was?« fragte der Geschichtslehrer.
»Das Schreiben«, sagte ich.
Der Geschichtslehrer sah auf seine Uhr. »Kommen Sie«, sagte er, und wir eilten weiter.
»Da steht er schon«, sagte der Geschichtslehrer, indem wir das kleine Bahnhofshäuschen zum Gleis hin durchquerten.
Vor dem Zug blieben wir stehen.
Der Geschichtslehrer hielt mir seine Hand hin, und ich drückte sie fest. »Wenn es wirklich so ist«, sagte er und holte tief Luft, »dann würde ich Ihnen raten, nicht noch einmal zu versuchen, ein Buch zu schreiben.«
»Ein Buch!« rief ich und lachte plötzlich auf. »Ich verspreche Ihnen, daß ich nie wieder ein Wort schreiben werde.«
Der Geschichtslehrer ließ meine Hand los.
Der Schaffner pfiff, und ich sprang in den Zug. Gleich

im ersten Abteil riß ich das Fenster hinunter. Der Geschichtslehrer stand noch auf dem Bahnsteig und sah zu mir hinauf. »Nie wieder!« rief ich aus dem Zug, der schon anrollte, und winkte, bis er um die Ecke bog.